庫

文庫書下ろし／長編時代小説

家督

鬼役 十三

坂岡 真

光 文 社

この作品は光文社文庫のために書下ろされました。

目次

※巻末に鬼役メモあります

幕府の職制組織における鬼役の位置

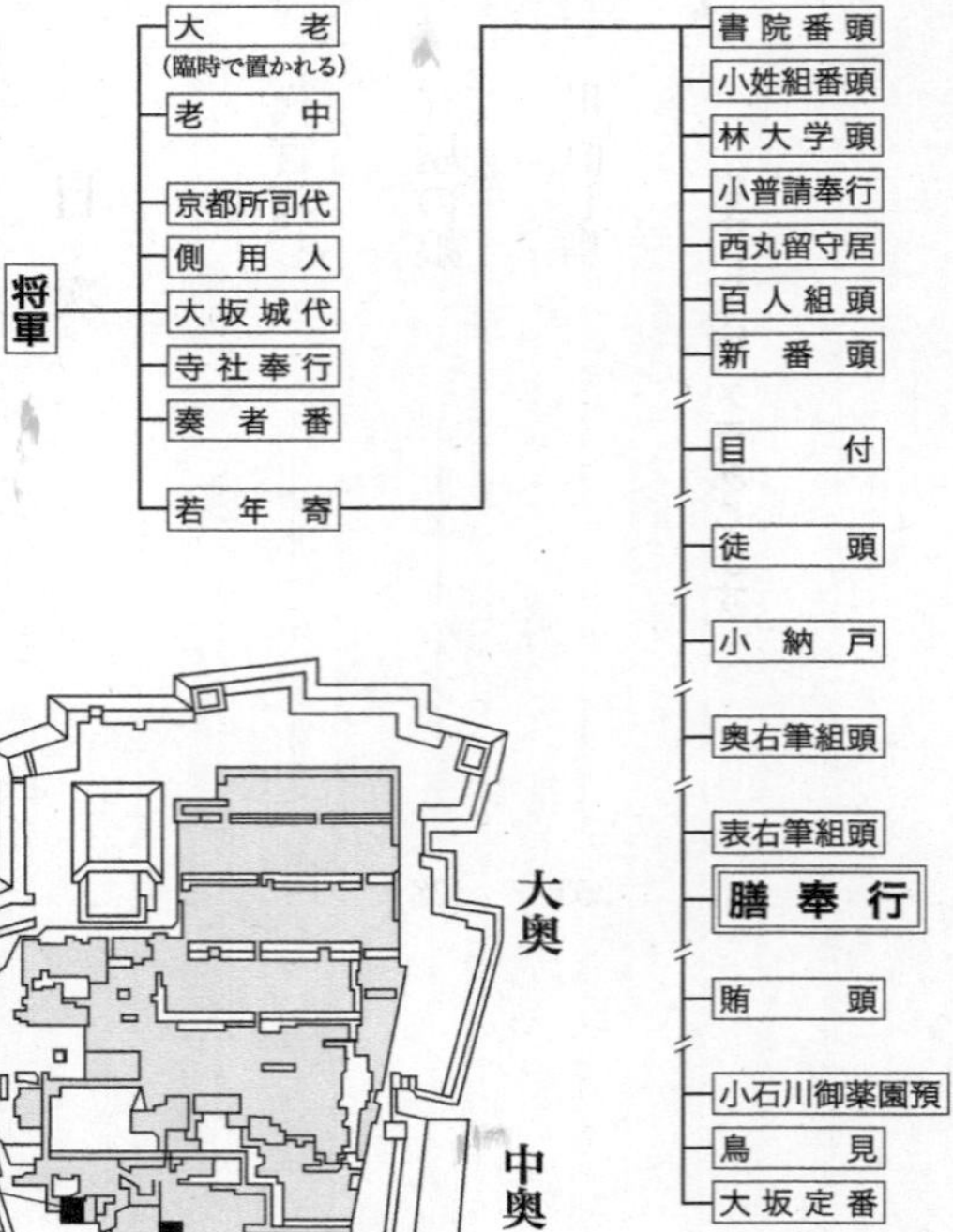

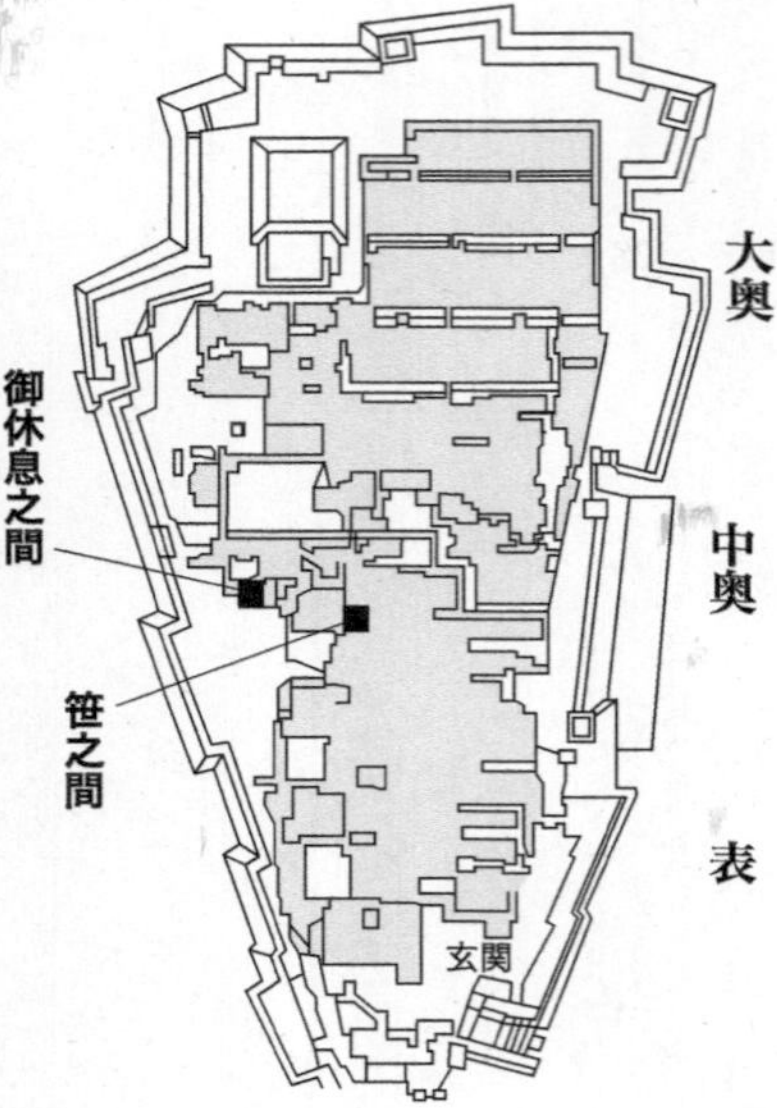

鬼役はここにいる！

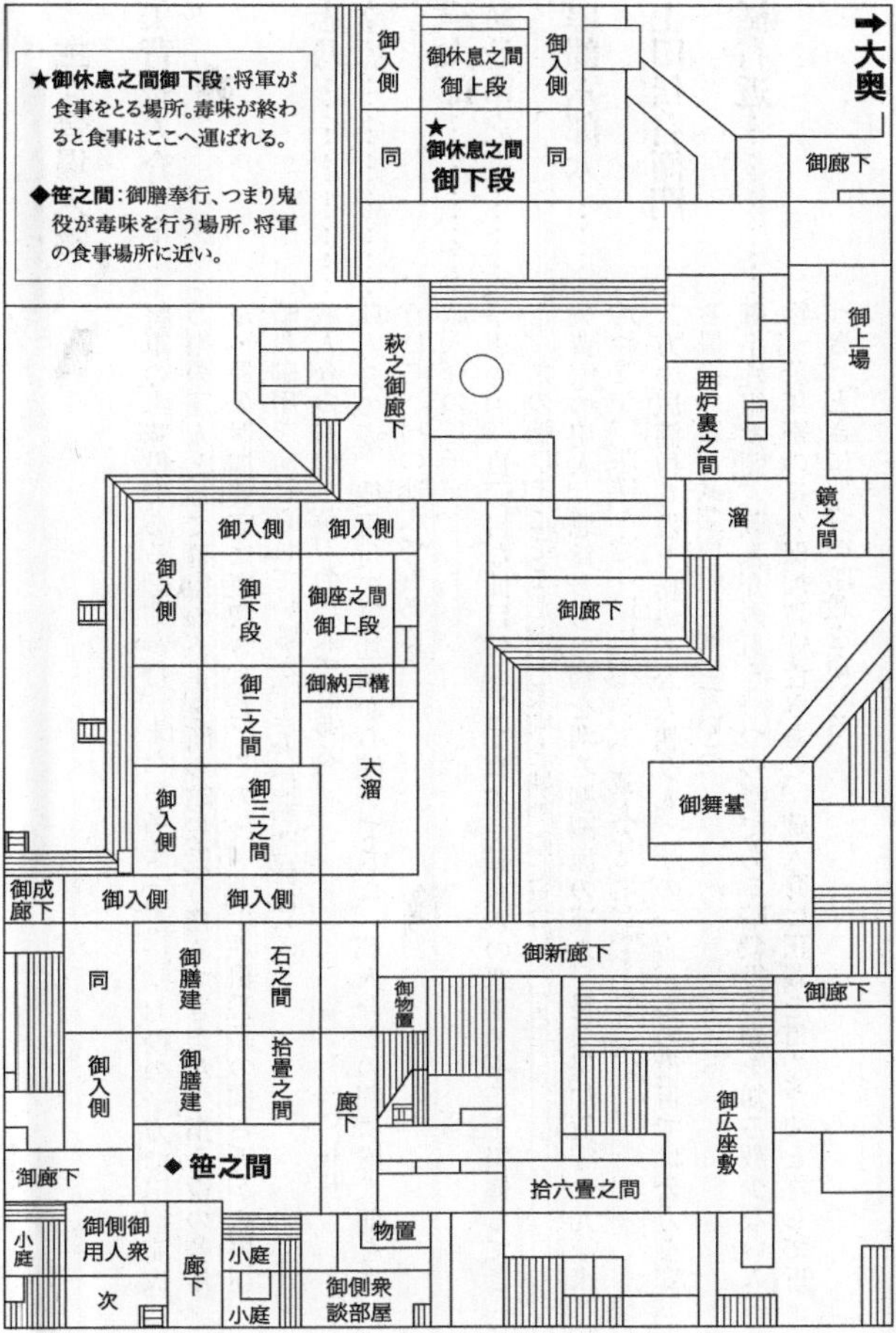
★御休息之間御下段：将軍が食事をとる場所。毒味が終わると食事はここへ運ばれる。
◆笹之間：御膳奉行、つまり鬼役が毒味を行う場所。将軍の食事場所に近い。
御入側
御休息之間
御上段
御入側
同
★
御休息之間
御下段
同
➡大奥
御廊下
萩之御廊下
御上場
囲炉裏之間
溜
鏡之間
御入側
御入側
御入側
御下段
御座之間
御上段
御納戸構
御二之間
大溜
御廊下
御入側
御三之間
御舞臺
御成廊下
御入側
御入側
御新廊下
同
御膳建
石之間
御物置
御廊下
御入側
御膳建
拾畳之間
廊下
御広座敷
御廊下
◆笹之間
拾六畳之間
小庭
御側御用人衆
廊下
小庭
物置
次
小庭
御側衆談部屋

主な登場人物

矢背蔵人介……将軍の毒味役である御膳奉行。またの名を「鬼役」。お役の一方で田宮流抜刀術の達人として幕臣の不正を断つ暗殺役も務めてきたが、指令役の若年寄・長久保加賀守に裏切られた。その後、御小姓組番頭の橘右近から再び暗殺御用を命じられているが、まだ信頼関係はない。

志乃……蔵人介の養母。薙刀の達人でもある。

幸恵……蔵人介の妻。徒目付の綾辻家から嫁いできた。蔵人介との間に鐵太郎をもうける。弓の達人でもある。

鐵太郎……蔵人介の息子。

綾辻市之進……幸恵の弟。真面目な徒目付として旗本や御家人の悪事・不正を糾弾してきた。剣の腕はそこそこだが、柔術と捕縄術に長けている。

串部六郎太……矢背家の用人。悪党どもの臑を刈る柳剛流の達人。長久保加賀守の元家来だったが、悪逆な遣り口に嫌気し、蔵人介に忠誠を誓う。

土田伝右衛門……公方の尿筒持ち役を務める公人朝夕人。その一方、裏の役目では公方を守る最後の砦。武芸百般に通じている。

橘右近……御小姓組番頭。蔵人介のもう一つの顔である暗殺役の顔を知る数少ない人物。若年寄の長久保加賀守亡きあと、蔵人介に正義を貫くためと称して近づき、ときに悪党の暗殺を命じる。

鬼役 十三

家督

代官殺し

一

強風が唸りをあげ、凍《こご》えた野面に吹きぬけていく。

暮れなずむ馬場には、ふたつの人影が対峙《たいじ》していた。

――神無月二十七日申《さる》ノ刻　溜池《ためいけ》馬場にて待つ

矢背《やせ》蔵人介《くらんどのすけ》の懐中には、一片の文がある。

甲州石和《こうしゅういさわ》から早飛脚によって届けられた文だ。

差出人は鶴瀬《つるせ》伊織《いおり》、刀を右八相《はっそう》に構えた相手のことだ。

「やえぃ……っ」

鶴瀬は疳高《かんだか》い気合いを発し、袈裟懸《けさが》けに斬りこんできた。

――きいん。
火花が散る。
蔵人介は強烈に弾きかえし、胴斬りを狙った。
「ふぉっ」
鶴瀬は飛びのき、青眼《せいがん》に構えなおす。
蔵人介も腰を落とし、相青眼に構えた。
――ひょう。
裾をさらう風巻《しまき》も気にならない。
五体に熱い血が駆けめぐり、寒さなどいっこうに感じなかった。
額には玉の汗が浮かんでいる。
久方ぶりの昂揚《こうよう》だ。
ぶるっと、蔵人介は胴震いをする。
強い相手との真剣勝負ほど、命を実感できるものはない。
鶴瀬の修めた直心影流《じきしんかげ》は、移ろう四季になぞらえることができる。
万物が芽吹く春の気をあらわす技は、先手必勝の『八相発破《はっそうはっぱ》』だ。
目途を定めて脇目も振らずに迫り、八相から袈裟懸けを繰りだす。

夏の気は、さらに烈しい。
烈日の光のように猛進し、真っ向上段から斬りおろす。
「まいるぞ」
鶴瀬は乾いた唇を舐め、腰を捻《ひね》りこむように迫った。
気を逃さぬ雲歩《うんぽ》という足捌《あしさば》きだ。
鹿島《かしま》神宮の神官がおこなう禊祓《みそぎはら》いの仕種《しぐさ》からきている。
鶴瀬は雲歩で練《ね》るように迫り、絶妙の間合いで止まった。
遅れた右足を左足に引きつけ、二尺五寸の刀を上段に構える。
「ふん」
踏みこんだ。
風圧が襲ってくる。
直心影流の理合《りあい》に「泥牛鉄山を破る」とある鋭い踏みこみだ。
「やえぃ……っ」
裂帛《れっぱく》の気合いともども、頭上へ凄まじい一撃が落ちてくる。
——がきっ。
横一文字《よこいちもんじ》に食いとめた。

相手は竪《たて》一文字で乗りかかってくる。
双方は一歩も退《ひ》かず、竪横十文字《じゆうもんじ》で押しあった。
鬼のような鶴瀬の形相《ぎようそう》が、蔵人介の目睫《もくしよう》に迫る。
虎ノ御門江戸見《えどみ》坂上の長沼《ながぬま》道場で「仁王《におう》」と称された男の顔だ。
たがいの吐く息が鬢《びん》を揺らし、吹きだす汗が肌を濡らす。
蔵人介は半身になり、相手の喉仏《のどぼとけ》に突きを繰りだした。
「つおっ」
刹那《せつな》、一寸の間合いで躱《かわ》され、返しの脇胴がきた。
――ぶわっ。
着物が刃風に絡みつく。
秋の気は臨機応変、左右斜めに変化しながら相手を追いこむ。
技名を『右転左転《うてんさてん》』と呼ぶ乱れ打ち、鶴瀬は果敢に仕掛けてきた。
蔵人介はことごとく弾きかえし、右脇構えから体当たりの突きを見舞う。
「何の」
鶴瀬は微動だにしない。
重さ三貫の八角棒を、一日一千回も振りこんできたのだ。

振棒《ふりぼう》の鍛錬で二の腕は丸太のように太くなり、本身を振りまわす捷《はや》さは尋常ならざるものになった。鍛錬と言えば、直心影流には柱に頭を打ちつける「頭捨て」というものもあれば、頼りない丸木橋の上で型を演じる「丸橋之形」という修行もある。

かつては、蔵人介もおこなった。修めたのは田宮《たみや》流抜刀術であったが、さらなる剣の高みをめざし、若い時分に足繁く長沼道場へ通った。

そこで、鶴瀬と出逢ったのだ。

鶴瀬は門弟三千人とも言われる長沼道場の師範代を任されていた。

「ぬりゃ……っ」

蔵人介の突きを弾き、鶴瀬は正面打ちに出る。

――びしっ。

裏打ちでこれを弾くや、反撥しあうように飛びのいた。

さすがに、ふたりとも呼吸が荒くなっている。

鶴瀬は切っ先を落とし、両手で柄《つか》を胸乳《むなぢ》まで持ちあげた。

妙な構え。

まるで、錫杖《しゃくじょう》を抱えた禅僧のようだ。

しかも、瞑想《めいそう》にはいっている。
静かに息を吸い、気海丹田《きかいたんでん》に気を溜め、長々と吐きだす。
この気息《きそく》法こそが、冬の気の極意にほかならない。
「うん」
鶴瀬は息を呑みこみ、下段青眼に構えなおす。
もはや、呼吸の乱れはない。
怪鳥《けちょう》のごとく、ぱっと両腕をひろげた。
これは神官の所作からきている。「下半円《したはんえん》」という独特の構えだ。
さらに、爪先立ちとなり、刀を天に向けて水平に捧げもつ。
一方、蔵人介は力みのない霞《かすみ》に刀を構えていた。
「やえぃ……っ」
鶴瀬は気合いを発し、右膝を高く持ちあげる。
刀を大きく振りかぶり、大上段から斬りこんできた。
蔵人介は咄嗟《とっさ》に反転し、右半身になって体《たい》を入れかえる。
刀を片手持ちの水平に構え、左手の甲を峰にくっつけた。
相手の左目に切っ先を向け、突くとみせかけて薙《な》ぎおろす。

「ぬりゃ……っ」
鶴瀬はこれを見切り、突きに転じてみせる。
「とう」
左足は半歩だが、右足は大きく踏みこんでいる。
これが『長短一味《ちょうたんいちみ》』と呼ぶ冬の奥義《おうぎ》の足捌きだ。
四季は自在に順序を変え、攻め手を変化させる。
伸縮強弱を繰りかえし、千変万化《せんぺんばんか》のおもむきをみせた。
まさしく、鶴瀬伊織こそは真の剣客にまちがいない。
ふいに、殺気が遠退《とおの》いた。
鶴瀬は身を離し、大きく両腕をひろげる。
下半円の構えだ。
蔵人介も影となり、同じ構えを取る。
たがいに丹田の気を放ち、切っ先を下げて残心《ざんしん》した。
「いや、お見事」
鶴瀬は「くはは」と豪快に嗤《わら》い、大股で近づいてくる。
蔵人介も笑顔で応じ、刀を鞘《さや》に納めた。

ふたりの刀は、刃引刀《はびきとう》にほかならない。

当たれば致命傷を与える道具にはなろう。

真剣に近い勝負を欲し、蔵人介のほうで用意した。

一年ぶりの申し合いを望んできたのは、鶴瀬のほうだ。

長沼道場の剣友は勘定所《かんじょうしょ》の役人から、甲州石和《こうしゅういさわ》の代官に抜擢《ばってき》されて赴任していた。

三月《みつき》に一度は江戸へ戻ってくると聞いたが、忙しすぎて立ちあう機会を失っていたのである。

「一年前、矢背どのが長沼道場を訪ねてこられ、餞《はなむけ》に立ちあってくれた。あのときの感激が忘れられず、無理を言って足労してもらったが、一年前と少しも変わらぬ技倆《ぎりょう》でござった。さすが、幕臣随一と評される剣客よの」

「それはこちらの申すこと。多忙な身であられながら、一日たりとも鍛錬を怠っておられぬご様子。感服いたしました」

「じつは、三貫の振棒を石和の陣屋にも置いてある。日に一千回の素振りだけは欠かさぬようにな」

「それは重畳《ちょうじょう》」

鶴瀬はにこやかに笑い、蔵人介の肩に手を置いた。

「かたじけない。あらためて礼を申す」

「こちらこそ」

「ふふ、されば、ここで別れるといたそう。一献《いっこん》かたむけたいのは山々だが、閻魔《えんま》大王へのご挨拶をまだ済ませておらぬでな」

「それは驚きました」

鶴瀬の言う「閻魔大王」とは代官のとりまとめ役でもある勘定奉行、遠山左衛《とおやまさえ》門少尉景元《もんのしょうじょうかげもと》のことだ。

「だいじな御奉行へのご挨拶よりも、それがしとの立ちあいを優先なさるとは」

「あたりまえさ。御奉行のもとへ参じれば、どうせまた厄介事を仰せつかるにきまっておる。貴重な立ちあいの機会を逸するのは、目にみえておるからな。ただし、今日のことは内密に願いたい」

「無論にござる」

「さればまた、近々に」

鶴瀬はそう言い、背中をみせようとした。

だが、おもいなおし、真剣な眼差しを向けてくる。

「矢背どの、これが今生《こんじょう》の別れになったら淋しいな」

「何を莫迦《ばか》なことを仰る」

「ふはは、戯《ざ》れ言《ごと》だ。つぎに戻ってきた折には、ゆっくり熱燗《あつかん》でも。そうだ、平川《ひらかわ》町《ちょう》のももんじ屋にでもまいろう」

「楽しみでござるな」

「されば」

ふたりは右手をひらりとあげ、背中を向けあう。

そして、振りかえりもせず、左右に別れていった。

鶴瀬のような剣友のあることを感謝しなければなるまい。

蔵人介は爽やかな汗を拭き、暗くなりゆく桐畑《きりばたけ》を歩きはじめた。

密に並んだ桐の木は、土手を強化するために植えられたという。

赤坂《あかさか》御門へとつづく土手道は、さほど勾配《こうばい》のきつい坂道ではない。

それでも、二本の刃引刀を抱えているせいか、足取りが重く感じられた。

鶴瀬は何故、これが今生の別れになったら淋しいなどと、しんみりとした口調で漏らしたのだろうか。

ふと、立ちどまり、蔵人介は後ろを振りかえった。

暗澹《あんたん》とした闇の向こうに、居るはずもない剣友のすがたを捜す。

「鶴瀬どの……」

何か、悩み事でも抱えていたのであろうか。

あっさり別れてしまったことを、蔵人介は後悔しはじめていた。

二

五日後。

溜池馬場の申し合いは夢のような出来事にしかおもえず、鶴瀬伊織のことは頭から消えていた。

霜月《しもつき》二日の初子《はつね》、江戸府内の侍や町人たちは子宝に恵まれることを鼠《ねずみ》に託し、縁起物の二股大根を神仏に供する。そして、鼠と関わりの深い大黒天《だいこくてん》に厄除けを請うべく、三大大黒天の何処かへ足をはこんだ。すなわち、上野寛永寺《うえのかんえいじ》山内の護国院《ごこくいん》、目黒行人坂《めぐろぎょうにんざか》の大円寺《だいえんじ》、小石川伝通院《こいしかわでんづういん》山内の福聚院《ふくじゅいん》のことである。

薄曇りの午後、蔵人介は妻の幸恵《ゆきえ》を連れて福聚院の大黒天へ詣った。

唐天竺《からてんじく》から伝来したとされる大黒天はじつに福々しく、商売繁盛や金運にご利益《りやく》があるとも言われている。年初来のご開帳ということもあり、本堂は立錐《りっすい》の余地もないほどの混みようで、参道に並んだ床店《とこみせ》の周囲も縁起物の土産を求める人々で賑わっていた。

幸恵は夫婦水入らずの参拝がよほど嬉しいのか、遠慮がちに手を握ってきたりする。

蔵人介はこれを拒むでもなく、恥ずかしがるふうでもなく、飄々《ひょうひょう》とした物腰で参道を戻りはじめた。

切れ長の涼やかな目に高い鼻、道行く人々よりも頭ひとつ大きいので、端正な面立ちは遠目からでもよくわかる。腰に大小を帯びた堂々とした外見から推せば、高禄取りの旗本にまちがいあるまいと察せられたが、じつは公の行事で布衣《ほい》も赦《ゆる》されぬ毒味役にほかならない。

天下を司《つかさど》る公方家慶《くぼういえよし》の毒味役ともなれば、魚の小骨を一本抜き忘れただけでも首が飛ぶ。塩に仕込まれた山鳥兜《とりかぶと》の毒を舐め、命を落としかけたこともあった。それゆえ、小姓《こしょう》衆や小納戸《こなんど》衆からは畏敬の念を込めて「鬼役」などと呼ばれる命懸けの役目にもかかわらず、役料はたったの二百俵《ぴょう》にすぎない。

「あまりに少なすぎよう。これでは厩《うまや》の馬医者と同じではないか」

と、同役の面々は文句ばかりたれていた。

そうした連中は毒味役を腰掛けとしか考えておらず、半年もすれば転出してしまう。

蔵人介はちがった。御家人《ごけにん》の家に生まれ、十一歳で矢背家の養子となり、十七歳で跡目相続を容認されたのち、二十四歳のときに出仕を赦された。爾来《じらい》、同じ役を勤めつづけている。毒味は矢背家の家業であり、蔵人介は最初から「鬼役」に殉じる覚悟を決めていた。

――鬼役は毒を啖《くろ》うてこそのお役目。河豚《ふぐ》毒に毒草に毒茸《きのこ》、なんでもござれ。死なば本望と心得よ。

毒味のいろはを仕込んでくれた亡き養父の遺言を胸に、潔い生き方を貫こうとおもっている。

幸恵もそんな自分を好いてくれたのだろう。

「蔵人介さま、床店を覗《のぞ》いていってもよろしゅうございますか」

「無論だ」

にっこり笑いかけてやると、幸恵は握った手を放して小走りに駆けだした。

参道脇の床店には「福来」と大書された看板が立ち、大小の二股大根が所狭しと並べられている。

今朝ほど養母の志乃《しの》から「鐵太郎《てつたろう》には、いっこうに弟ができぬのう」と嘆かれたのをおもいだし、蔵人介は苦笑した。おそらく、幸恵も折に触れては姑《しゅうとめ》から皮肉を言われているのだろう。二股大根を選ぶ目が真剣なのもうなずける。だが、子宝を授かるかどうかは神仏のみぞ知るところだ。

左の踵《かかと》におかしな力が掛かった途端、ぶつっと雪駄の鼻緒が切れた。

「ちっ」

舌打ちをかますや、鼻先を伽羅《きゃら》の芳香が擦れちがっていく。

「旦那、挿《す》げてさしあげましょうか」

艶《つや》めいた声を掛けられた。

目を向ければ、よろけ縞《じま》の綿入れを纏《まと》った天神髷《てんじんまげ》の女が佇《たたず》んでいる。

笹紅の口で笑うと、白い糸切り歯が可愛らしく覗いた。

「おたまか」

「嬉しい。おぼえていてくだすったのですね」

忘れるはずがあるまい。

七年ぶりになろうか。初めて出逢ったときも、神楽坂《かぐら》を上っている途中で草履の鼻緒が切れ、水玉の手拭いで挿げてもらった。そのときはまさか、親切な粋筋の女が遠山景元の間者《かんじゃ》だとはおもいもしなかった。

ともあれ、匂いたつような妖艶さは七年前と少しも変わっていない。

「鬼役の旦那、お袖が寒うござんすよ」

「ん」

左の袂《たもと》をまさぐると、いつのまにか落とし文が入れてある。

そういえば、おたまは府内でも屈指の指技を持つ女掏摸《すり》だった。

何か言おうとしたときには、すでに人混みのなかへ消えている。

代わりに、二股大根を抱えた幸恵が戻ってきた。

「さきほどのお方、どなたでござりますか」

眸子《まなこ》を三角に吊り、声をわずかに震わせている。

幸恵とて海内一《かいだいいち》と賞賛された小笠原《おがさわら》流弓術の手練《てだれ》、おたまとのやりとりに尋常ならざるものを察したにちがいない。

蔵人介は、あくまでもしらを切った。

「誰かは知らぬ。知るはずがなかろう」

「されど、何やら親しげにおはなしを」

「謝られた。知りあいと見誤ったようでな」

馴れぬ嘘を吐《つ》き、額にうっすらと汗を滲《にじ》ませる。

幸恵は懐紙《かいし》を取りだし、腕を伸ばして汗を拭いてくれた。

「殿らしくもない。嘘を仰いますな。お妾をお囲いなら、正直に仰ってくださりませ」

「な、何を言うか。断じて、さような者はおらぬ」

単刀直入に突っこまれ、自分でも驚くほど狼狽《うろた》える。

それがよほどめずらしいのか、幸恵はけらけら笑いだした。

「幸恵、何が可笑《おか》しいのだ」

「お顔があまりに赤いものですから、茹《ゆ》で蛸《だこ》かとおもいました。さあ、切れた鼻緒を挿げてさしあげましょう」

「何だ、気づいておったのか」

「あたりまえです」

幸恵は足許に屈みこみ、手拭いを裂いて紐状にするや、器用に鼻緒を挿げはじめる。

蔵人介は光沢のある丸髷をみつめ、薄い唇《くち》もとをきゅっと結んだ。

あの女は勘定奉行である遠山さまの間者なのだと正直に告げれば、家の者には内緒にしている裏の顔を勘ぐられぬともかぎらない。

蔵人介は御小姓組番頭《ばんがしら》の橘《たちばな》右近《うこん》から密命を受け、悪辣非道《あくらつひどう》な奸臣《かんしん》どもを何人も斬ってきた。禄を喰《は》んでいるかぎり拒むことのできぬ役目とはいえ、刺客御用の詳細を打ちあければ、幸恵は悲しむにちがいない。刀に人の血を吸わせていることだけは、口が裂けても言えなかった。

「できましたよ」

幸恵は雪駄を足に合わせてくれ、得意気に胸を張る。

蔵人介は、ぺこりと頭をさげた。

「すまぬな」

「謝ることなど、ひとつもござりませんよ。それともやはり、何か隠し事でもおありですか」

「おいおい、勘弁してくれ」

「ほら、また赤くおなりに。これをお持ちくだされ」

幸恵は朗らかに微笑み、二股大根を押しつけてくる。

「ほう、なかなかに重い」

蔵人介は大仰《おおぎょう》に驚いてみせ、甃《いしだたみ》のうえで足を縺《もつ》れさせた。

三

不吉な予感が過《よ》ぎった。

しかし、このときはまだ、呼ばれた理由がわからなかった。

――亥《い》ノ刻　愛敬《あいきょう》稲荷裏　丑市《うしいち》
文には力強い筆跡でそう書かれてあった。

愛敬稲荷は自邸のある市ケ谷《いちがや》御納戸町《おなんどまち》に近く、勾配のきつい浄瑠璃《じょうるり》坂を下りて濠沿いに進めばたどりつく。

暗闇に響く時の鐘を聞きながら、蔵人介は指定された辺りへやってきた。

岡場所と隣りあっているので、白塗りの女郎と酔客がふらりと四六見世《しろくみせ》から出てきたりする。

小便臭い板塀を伝って露地を曲がると、美味《うま》そうな出汁《だし》の匂いが漂ってきた。

軒に掲げられた小汚い暖簾《のれん》には『丑市』とある。

食通好みの軍鶏屋《しゃも》だった。

市ケ谷御門と牛込《うしごめ》御門のまんなかにあるので、両方の頭をとって『丑市』と名付けられたらしい。

「ふざけた親爺だぜ」

笑いながら教えてくれたのは、ほかでもない、この見世を馴染みにしている勘定奉行の遠山景元であった。

大身旗本《たいしんはたもと》の御曹司にもかかわらず、若い頃は放蕩無頼《ほうとうぶらい》の輩《やから》を気取り、背中に倶利迦羅紋々《くりからもんもん》の彫り物を入れている。今でも遊び人の風体《ふうてい》で府内を彷徨《うろつ》くことがあり、正体を知らぬ連中は親しみを込めて「金四郎《きんしろう》」とか「金さん」と呼んでいた。

蔵人介は別に親しいわけではない。遠山のほうが勝手に一目置いているだけで、城内で擦れちがっても会釈をする程度の関わりだ。こんなふうに呼出を掛けられるのは、正直、迷惑なはなしだった。

夕餉《ゆうげ》は自邸で済ませたが、小腹は空いている。

出汁の匂いに誘われて敷居をまたぐと、奥のほうから三味線の音色が聞こえてきた。

「この酒を止めちゃ嫌だよ酔わせておくれ、まさか素面《しらふ》じゃ言いにくい」

艶めいた声で流行《はやり》の都々逸《どどいつ》を唄うのは、おたまにちがいない。客はほかにおらず、無愛想《ぶあいそ》な親爺は挨拶もろくにしなかった。迷わずに奥へ向かうと、ぱたりと三味線が止んだ。

小肥りの男が衝立《ついたて》を背にして座り、おたまに酌をさせている。

金四郎だ。

どう逆立ちしても、評定所《ひょうじょうしょ》で重きをなす勘定奉行にはみえない。すでに微酔《ほろよ》い気分なのか、金四郎は赭《あか》ら顔でにっこり笑いかけてきた。

「よう来たな。さあ、あがってくれ。腹は空いてねえか。へへ、それより酒だな。おたま、そこにある満願寺《まんがんじ》を注《つ》いでおやり。天下の鬼役どのに酌ができる女はざらにもいねえ。名誉なことなんだぜ」

「あい」

立て板に水の金四郎にたいし、おたまは甘えた返事をし、蔵人介が座るのを待って、くの字なりに銚釐《ちろり》をかたむけてくる。

香りだけで、下り酒の満願寺でないことはわかった。

安酒だが、燗は冷めていない。頃合いをみはからって注文してくれたのだ。

軍鶏の食べ方は一風変わっている。鍋で煮たりせず、鋤《すき》のうえで腿《もも》肉を焼き、甘みのあるわりしたと溶き玉子で食べる。何でも、土佐《とさ》の郷土料理をまねたやり方らしい。

「へへ、外にゃ寒風が吹いている。あと半月も経たねえうちに初雪が降るぜ。今のうちに五臓六腑《ごぞうろっぷ》を暖めておかねえとな」

金四郎は軽口を叩きながら、手ずから軍鶏を焼いてくれる。

「ほれ、鋤焼きだぜ」

蔵人介は遠慮しつつも、相伴《しょうばん》に与《あずか》った。

「どうでえ、美味《うめ》えだろう」

「まことに」

熱い湯気とともに、蔵人介は吐息を漏らす。

「丑市の軍鶏は七年ぶりかと」

「もう、そんなになるのか。へへ、親爺はあのとおり、棺桶に片足を突っこんでいやがる。うかうかしてたら、死んじまうかんな。せいぜい、通ってやってくれ。気の利《き》いた跡継ぎでもいりゃいいんだが、世の中そう上手くはいかねえ。そう言えば、おめえさんにも倅《せがれ》があったたな。いくつになった」

「十三にござります」

「早《はえ》えもんだな。毒味の修行をやらせているのかい」

「いいえ」

「ほう。ひょっとして、後を継がせねえつもりか」

鋭い指摘を受け、蔵人介は黙りこむ。

「ふうん。ってことは、鬼役はおめえさんの代で仕舞いってことか。そいつも淋しいはなしだな」

「本人はお役を継ぐ気でおります。されど、才がござりませぬ」

「箸が器用に使えねえ。ついでに、剣術の力量も今ひとつってわけか」

ぎろりと睨まれ、蔵人介は顔を背けた。

金四郎はあきらかに「裏の役目」を知っている。橘右近と裏で通じているはずはないのだが、厄介な役まわりを授ける前提で呼びだされたにちがいない。

「箸も刀も使えねえ。それでも、得手としているものは何かあんだろう」

「はあ、まあ」

「教えてくれ」

「算術に無類の興味をしめしております」

「ほほう。それなら、勘定所《うち》にくりゃいい」

「お口添えいただくわけにはまいりませぬ」

「ぬへへ、あいかわらず頭の堅《かて》え男だな。勘定所の役人になりてえ旗本の子弟は山ほどいるんだぜ。おれの屋敷にゃ月の初めに、贈物を携えた親どもの行列ができる。御老中《ろうじゅう》の水野《みずの》さまが無駄なことはするなとお触れを出されても、行列が途切れることはねえ。もっとも、そんなやつらの子弟は一匹たりとも推輓《すいばん》はしねえがな、おめえさんの倅ならはなしは別だぜ」

「ありがたいおはなしではございますが、おそらく、鐵太郎はお城勤めに向いておりませぬ。困ったもので、近頃は算術のみならず、蘭語で書かれた医術の写本ばかり読んでおります」

「蘭語ができるのか」

「独学ゆえ、程度は知れたものにございます」

「よし、それなら良き師を紹介しよう」

「えっ」

「府内でも指折りの蘭学者坪井信道《つぼいしんどう》の門下でな、緒方三平《おがたさんぺい》という男だ。父御は備中足守藩《びっちゅうあしもり》の蔵役人だったが、三平は医術を志して蘭学の道を究めることからはじめた。歳《とし》はまだ三十前でな、おれも何度か会ったことがある。類《たぐ》い稀《まれ》なる才の持ち主で、医術にたいする情熱に並々ならぬものを感じた。その三平がこの春、医術と蘭学の私塾を開いたのさ。今はまだ芽が出ておらぬが、あやつのもとで学べばきっとものになる。おぬしさえよければ、紹介状を書いてやろう」

「はあ」

蔵人介は生返事をする。動揺を抑えきれなかった。

本心では鐵太郎に自分とは別の道を歩んでほしいとおもっている。

だが、踏んぎりがつかない。鬼役を継がぬということは、矢背家の跡取りにもならぬことを意味するからだ。

鐵太郎の代わりになる養子を取らねばなるまいと、しばらくまえから真剣に考えていた。本人には告げていないが、志乃と幸恵には相談している。志乃は鐵太郎の資質を早々と見極め、養子を取る腹を決めていた。一方、幸恵のほうは息子の悲しむ顔を頭に描き、悩んでいる様子だった。

金四郎は親しみやすい丸顔を近づけてくる。

「緒方三平が塾を開いたのは大坂《おおさか》の北浜《きたはま》だ。薬種をあつかう道修町《どしょうまち》のそばらしい」

「大坂でござりますか」

「ああ。この際、おもいきって子別れしてみるのも手だぜ。北浜に行きゃ、美味え鯖《さば》の押し寿司も食える」

おたまが絶妙の間で三味線を爪弾いた。

「惚れて通えば千里も一里、逢えずに帰ればまた千里」

上擦《うわず》った調子で口ずさむ流行の都々逸が、なぜか淋しく耳に残る。

金四郎がつぶやいた。

「倅にゃ鬼役を継がせねえか。まあ、それもいい。親心ってもんだ。誰が好きで自分の子を毒味役にする。おっと、いけねえ。おれは何も鬼役を莫迦にしているわけじゃねえんだ。どんなお役よりも立派だとおもっているぜ。太平楽《たいへいらく》な世の中で命懸けで挑まなきゃならねえ役目なんぞ、ほかにありゃしねえからな。おっと、もうひとつあった。そいつは間者だ。なあ、おたま、おたまよう。おめえにゃずいぶん世話になったな。おめえは命懸けで尽くしてくれた。正直、女房よりも、でえじにおもっているぜ」

「何を仰いますやら。さようなこと、戯れ言でも口にしてはいけませぬよ」

おたまは悲しそうに微笑み、目にうっすら涙を浮かべる。

そろそろ、呼びつけられた理由を問わねばなるまい。

金四郎はこちらの気配を察し、苦しげに吐きすてた。

「鶴瀬伊織が死んだ」

「えっ」

蔵人介は耳を疑う。

嫌な冗談を聞かされているのだと、混乱する頭でおもいこもうとした。

「殺《や》られたのは五日前だ。江戸見坂上にある土岐《とき》屋敷のそばで倒れていた。暮れ六つからしばらく経ったあたりだ。土岐家の門番が筒音《つつおと》を聞いている」

「……っ、筒音」

「ああ、そうだ。鶴瀬は後ろから頭を二発撃たれていた。幕臣きっての剣客が鉛《なまり》弾《だま》で死んじまったんだよ」

「……そ、そんな」

「剣友だったんだろう。鶴瀬はおめえさんとの再会を何よりも楽しみにしていたぜ。ああ、想像はつくさ。あの日、溜池の馬場であったことはな。おたまに鶴瀬の足取りを調べさせたんだ。刃引刀で申し合いをやったんだろう。だからって、自分を責めることはねえ。あいつが死んだのは、おめえさんのせいじゃねえんだ」

それなら、誰のせいだと言うのだ。

「五万石《ごく》の幕領を任せたのは、このおれだ。鶴瀬はできのいい勘定方の役人だった。

役目もきっちり果たしていたし、配下の面倒見もよかった。おれは誰よりも鶴瀬を信頼していた。だから、難しい石和の代官に抜擢したのさ。あいつ、恋女房を亡くしたばかりでな、石和に何年か行ってりゃ息抜きになるともおもった。それが裏目に出ちまった。くそっ、一年もしねえうちに、冷たくなりやがって。ここにいるおたまも、鶴瀬のことはようく知っている。糸《いと》っていうひとり娘を、妹みてえに可愛がっていたしな。ともあれ、代官殺しを物盗りの仕業《しわざ》で片づけられたんじゃ、たまったもんじゃねえ」

いったい、誰が物盗りの仕業で片づけようとしているのだ。

蔵人介は怒りを抑え、唇もとを血が滲むほど噛みしめた。

「じつはな、おれとしたことが、この一件に後れを取っちまった」

目付《めつけ》筋が調べに動いているので、勘定奉行の意向がはたらく余地はないという。

「縄張りってやつだ。しかも、相手は筆頭目付の鳥居耀蔵《とりいようぞう》さ。余計な嘴《くちばし》を挟んだ途端、噛みつかれるのは目にみえている。表で動けねえときは、裏で動くしかねえだろう。そこで、おめえさんに助っ人を頼みてえのよ」

「助っ人」

「義弟《おとうと》だよ」

なるほど、狷介《けんかい》と評される鳥居耀蔵の配下には、義弟で徒目付《かちめつけ》の綾辻市之進《あやつじいちのしん》がいる。

そのことを踏まえたうえで、金四郎は呼びつけたのだ。

「鶴瀬が何で死ななきゃならなかったのか、おれはとことん調べてえのさ。頼む、このとおりだ」

頭を下げられるまでもない。剣友の死を放っておく気はなかった。

だが、どうしても、この世から消えたことが信じられない。信じたくはなかった。

眸子を瞑《つむ》れば、馬場で刀を合わせた感触が生々しく蘇《よみがえ》ってくる。

「……っ、鶴瀬どの」

我知らずつぶやくと、おたまが酒を注いでくれた。

金四郎は目に涙を溜め、手酌で安酒を喉に流しこんでいる。

やはり、鶴瀬伊織は死んだのだと、蔵人介はようやく理解した。

四

翌夕、蔵人介は俎板橋《まないたばし》の欄干から身を乗りだし、堀川の水面をみつめていた。

内濠から迷いこんできたのか、肥えた錦鯉が悠々と泳いでいる。

橋向こうには、躑躅《つつじ》の生垣に囲まれた旗本屋敷がみえた。

幸恵が生まれ育った実家の綾辻家だ。

父は謹厳実直な徒目付で、幸恵の弟の市之進が後を継いだ。錦《にしき》という嫁はよく気のつくおなごで、子宝にも恵まれた。姉から一字を貰って幸《さち》と名付けられた娘は、ころころとよく肥った赤ん坊だ。

蔵人介は金四郎の言った「緒方三平」という名を反芻《はんすう》した。

わるいはなしではない。ただ、大坂はあまりに遠すぎる。

家に鐵太郎のいない暮らしなど想像もできない。

蔵人介でさえそうなのだから、幸恵が知れば深い悲しみを抱くことだろう。

「無理だな」

大坂にはやれぬ。

ほっと溜息を吐き、眼差しを上に向けた。

日没が近い。

超然と聳《そび》える千代田城の甍《いらか》が、赤銅《しゃくどう》に照りかがやいている。

溶けはじめた夕陽は堀川を燃やし、町中を茜《あかね》色に染めていた。

見事な夕景に息を呑んだところへ、人の気配が近づいてくる。

振りむけば、裃《かみしも》姿の市之進がはにかむように笑いかけてきた。

「義兄上《あにうえ》、こんなところで何をなさっておられる」

「ふむ。おぬしの帰りを待っておったのだ」

市之進は蔵人介に課された裏の役目を知っている。頬を強張《こわば》らせたのは、そのせいだろう。

「それがしに何かご用でしょうか」

「石和の代官が不審な死を遂げたらしいな」

「その件でござりますか」

「聞けば、おぬしも検屍に立ちあったというではないか。背後から鉛弾で撃たれておったのだろう」

「お待ちを。亡くなった御代官とは、どういう関わりなのでござりますか」

「剣友だ。筒で撃たれる直前、溜池の馬場で申し合いをやった。刃引刀でな」

「まことにござりますか」

「ああ。鶴瀬どのは得難い友であった。できれば、仇を討ちたい。詳しい情況を教えてくれ」

「はあ」

市之進は困ったように応じ、重い口をひらいた。

「ほとけは、頭のてっぺんが欠けておりました。二連発の短筒で至近から後ろ頭を撃たれたにちがいないと、検屍に立ちあった町奉行所の同心も申しておりました」

「それで」

「紙入れが無くなっておりましたし、物盗りの仕業ではないかと」

「妙であろう。二連発の短筒を持った物盗りが、土岐屋敷のそばで二本差しを狙うか。おぬしら目付はどうあっても、物盗りの仕業でおさめるつもりだな」

市之進は押し黙る。

「どうした。こたえてみよ」

「いかに義兄上といえども、これ以上、お役向きのことはおはなしできませぬ」

「ふん、鳥居さまに釘でも刺されたか」

蔵人介はくるっと背を向け、欄干にもたれかかった。

市之進は立ち去りがたい様子で、かたわらに身を寄せてくる。

「みろ、あそこに錦鯉がおろう。おぬしの女房どのと同じ名だ。ほれ、手を翳《かざ》せば、餌を貰えるとおもうて寄ってくる。紛《まぎ》れもなく、誰かに飼われていた鯉だ」

「そのようですね」

「人に飼われた鯉は、おのれで生きのびる術《すべ》を知らぬ。水に浮かぶ餌が無くなれば、堀留の片隅に腹を晒《さら》して浮かぶだけだ」

「義兄上、それがしはあの鯉だと仰りたいのでしょうか」

「まあな」

「心外ですな」

「信念のない者は往々にして、上役の言いなりになってしまう。自分でも気づかぬうちに取りこまれておるのさ」

饒舌《じょうぜつ》すぎる自分に、蔵人介は少し嫌気がさしてきた。

まるで、金四郎が乗りうつったかのようではないか。

「いったい、義兄上は何をお知りになりたいのです」

「代官殺しの真相だ」

正直な市之進は、途端に顔を曇らせた。その表情をみただけで、調べがかなり進んでいることは察せられる。

「じつは困ったことに、遺書めいた訴状が一通出てまいりました」

すかさず、蔵人介が切りこむ。

「鶴瀬どのは遺書を携えておったのか」

「いいえ。父親の死を知った娘御が、石和からわざわざ携えてまいりました」

「何だと」

鶴瀬は石和の陣屋を発《た》つ旅立ちの朝、自分に万が一のことがあったら目付筋に差しだすようにと、娘に一通の訴状を授けていた。

「死を予期していたと申すのか」

「そういうことになりますな」

鶴瀬の漏らした台詞《せりふ》が頭に蘇ってくる。

――これが今生の別れになったら淋しいな。

蔵人介は首を振り、市之進に問うた。

「訴状は読んだのか」

「いいえ。鳥居さまのお預かりになっております。娘御から訴えのあったことは他言無用にせよとのご命令で」

「ようはなしてくれた。それで、娘は今、どこにおる」

「馬喰町《ばくろちょう》の公事宿《くじやど》におります」

「妙だな。なぜ、公事宿におるのだ」

公事宿とは、年貢の軽減を求めて訴えを起こそうとする百姓たちが泊まるところだ。年貢を徴収する代官の身内が草鞋《わらじ》を脱ぐさきではない。

市之進は首を捻り、川面の鯉を睨みつけた。

「公事宿に泊まる理由などわかりませぬ。もっとわからぬのは、父の遺書とおぼしき訴状を、何故、上役にあたる勘定奉行の遠山さまにではなく、目付筋へ差しだしたかということにござります」

「遠山さまに迷惑を掛けたくなかったのかもしれぬ」

鶴瀬は骨太の気概を持つ古武士のような男で、困難なことを独力で解決しないと気が済まない性分だった。おそらく、何らかの事情に関して、公儀に公正な裁きを下してほしかったにちがいない。

ところが、金四郎も懸念していたとおり、鶴瀬の思惑は裏目に出つつあった。

「鳥居さまは代官殺しについて、これ以上の詮索は無用と仰せになりました。遺書めいた訴状の有る無しにかかわらず、物盗りの線は消えぬとおもわれます」

「おぬしはどうなのだ。本心では疑念を抱いておるのであろう」

「それがしの存念《ぞんねん》など、歯牙《しが》にも掛けられませぬ」

「それでよいのか」

「致し方ありませぬ。それが宮仕えというものでござりましょう」

市之進は苦しげに吐きすて、欄干から身を離す。

ぱしゃっと、鯉が跳ねた。

代官の訴状を手にした鳥居耀蔵にも、上から圧力が掛かったにちがいない。

蔵人介は訴状の中味とともに、圧力を掛けた者の正体を知りたいとおもった。

「市之進よ、どうにかして、訴状の中味を知る手段はあるまいか」

「さようなこと、無理に決まっておりましょう」

「いいや、おぬしは鳥居さまから気に入られておる。控え部屋への出入りも許されておろう。されば、夜半に忍びこみ……」

「おやめくだされ。義兄上、もういけませぬ。これ以上はご勘弁を」

市之進は頭を垂れ、背中を向けようとする。

蔵人介はすかさず、袖を摑んだ。

「待て。最後にひとつだけ教えてくれ」

「嫌でござる」

「そう尖《とが》るな。鶴瀬どのの娘御が身を寄せる公事宿の名を知りたいだけだ」

市之進は迷ったあげく、口をひらいた。

「よろしゅうござる。お教えいたしましょう。ただし、何故、義兄上がこの件に関わろうとなさるのか、その点を正直に仰ってくだされ。もしや、遠山さまのお指図ではありますまいな」

「指図なら、いかがする」

「助力はできかねまする」

「出世の妨げになるからか」

「莫迦な。それがしも、遠山さまには軍鶏の鋤焼きを馳走になったことがございます。あのお方のお人柄は、嫌いではありませぬ。ただし、それとこれとは別にございます。お役目に情を持ちこんでは、ただの役立たずになってしまう。そう教えてくださったのは、ほかならぬ義兄上ではござりませぬか」

「ふむ、そうであったな」

蔵人介が黙ると、市之進は公事宿の名を口にした。

「義兄上の落ちこんだ顔など、みとうもござりませぬ。それゆえ、お教えしました。これ以上はご勘弁を」

「わかった。すまなかったな」

素直に謝ると、義弟は悲しそうにうつむく。

蔵人介は欄干を離れ、振りむきもせずに歩きはじめた。

五

暮れなずむ町を急ぎ足で両国《りょうごく》方面へ向かい、竜閑川《りゅうかんがわ》に近い馬喰町までやってきた。

公事宿の宿賃は一泊二百五十文《もん》足らずと安い。飯は不味《まず》くて風呂もないが、田舎から出てきた百姓たちにとっては雨風さえしのぐことができれば御《おん》の字らしかった。

なにせ、公事宿の主人は訴訟の届書や願書など、煩雑な書類の手続きをすべて代行してくれる。代書の代金もさほど高いものではなく、訴訟に勝った際の礼金や和解となった際の祝儀などを稼ぎにしているようだった。

ただし、百姓の味方かと言えばそうでもなく、御用宿《ごようやど》の別名でも呼ばれるとおり、公儀の発布する御用状や触書《ふれがき》などを町や村へ通達する役割も担っていた。

ともあれ、馬喰町へは全国津々浦々から、年貢の軽減を求める百姓たちが集まってくる。村の代表なので、遊山《ゆさん》気分の者はいない。ところが、いざとなると恐れをなして離脱する意志の弱い者たちではあった。

訴訟待ちの日数は長きにおよぶため、路銀が尽きて帰郷を余儀なくされる連中も大勢いる。手ぶらで帰るのが忍びなく、老中への直訴を試みる無謀者もいた。朝の四つ刻、桜田《さくらだ》御門の門前で老中を乗せた駕籠を待ちうけるのだ。十中八九、訴えは届かない。届いたとしても、駕籠訴をやった者は打ち首になる。まさしく、命懸けの手段にほかならない。

が、あくまでも、それは搾取《さくしゅ》された百姓たちのすることだ。

年貢を徴収する代官の娘が公事宿に身を寄せることなど、まずあり得ない。蔵人介ならずとも、誰もが抱く疑いである。ところが、市之進に教わった『甲州屋』を訪ねてみると、事情はすぐにわかった。公事宿の主人久蔵《きゅうぞう》は亡くなった鶴瀬伊織の実弟で、娘の糸にとっては叔父にあたる人物なのだ。

久蔵は来訪を予期していたかのように、蔵人介を奥座敷へ案内してくれた。抹香《まっこう》臭い部屋には、十八か九の垢抜《あかぬ》けない娘が控えており、意外なことに、おたまが娘を守るように侍っていた。

「遅うござんしたね、鬼役の旦那」

「何だ。知っておったのか」

「甲州屋さんにおはなしを入れておいたのですよ」

石和代官所の者がすがたをみせたら、すぐに報せてほしいと、以前から懇意にしていた久蔵に頼んであったのだ。

「でもまさか、お糸ちゃんが訪ねてくるとは、おもってもみませんでした」

蔵人介が上座に腰を落ちつけると、おたまはしきりに持ちあげはじめた。

「こちらの旦那がみえたからには、もう大丈夫。お糸ちゃん、大船に乗った気持ちでいるんだよ」

蔵人介は迷惑そうな顔をしたが、糸の熱い眼差しを無視することはできなかった。

部屋には焼香台が設《しつら》えられ、かたわらに白い布にくるんだ骨壺が置いてある。

糸は気丈に発した。

「今朝ほど、父を荼毘《だび》に付しました。叔父上にお願いして、初七日の法要も済ませました」

「さようか」

蔵人介は一礼し、厳《おごそ》かに線香をあげた。

「お悔やみ申しあげる」

「かたじけのうござります」

「ところで、父御から訴状を預かっておったとか」

「封を開けずに御目付へお渡しせよと厳しく命じられておりましたもので、そのようにいたしました」

「すると、訴状の中味は」

「存じあげませぬ」

がっくり肩を落とすと、おたまが口を挟んだ。

「仕方ないでしょう。お父上に言われたことを守ったんだから」

だいじな娘を巻きこみたくなかったのだ。父親の気持ちはよくわかるが、訴状の中味があきらかにならぬかぎり、鶴瀬の死の真相は藪の中だ。

「ひとつ心当たりがござります」

主人の久蔵が自信ありげに胸を張る。

「兄は境界のことで揉めておりました」

石和一帯は幕領と大身旗本の知行地《ちぎょうち》が混在し、線引きの仕方によっては収穫できる年貢の量に看過できないほどの差異が生じていた。なかでも、丘陵を開墾した棚田《たなだ》については境界が曖昧で、鶴瀬が赴任する以前から揉め事の原因《もと》になっていたのだという。

じつをいえば、そうした争いは何処の赴任地にも共通する苦労話であったが、妥協を許さぬ性分の鶴瀬は厳格な線引きを推進していた。

「なかでもおひとり、大揉めに揉めていたお相手がござります」

名は鎮目《しずめ》主膳《しゅぜん》、御三卿清水《しみず》家の筆頭家老だという。

清水家の筆頭家老ならば、目付筋に圧力を掛けることもできよう。

なるほど、境界に関わる揉め事が殺しに関わっているのかもしれない。

久蔵は襟を正し、頭を垂れてかしこまる。

「兄がみずからの死を予期しておったとするならば、そのこと以外にはおもいつきませぬ」

蔵人介は、ちらっとおたまをみた。

「遠山さまはご存じなのか」

「はい。申しあげました」

「それで」

「腑《ふ》に落ちぬと仰いました」

「何が腑に落ちぬというのだ」

「『境界の揉め事ごときで遺書をしたためるほど、鶴瀬伊織はやわな男にあらず。訴状には何かほかに重大なことが記されておったはずだ』と、さように仰いました。

いずれにせよ、鎮目主膳なる者の調べをすすめねばなりませぬ」

「どうやって調べる」

叱りつけるように問うと、おたまは顎を引きしめた。

「清水屋敷の奥向きに潜入すべく、遠山さまにおとりはからいいただいております」

「おぬしが御殿女中に化けるのか」

「いけませぬか」

口を挟むことではないが、危うすぎる。

素姓がばれたら、命はあるまい。

「間者の宿命《さだめ》にござります」

明快に言いきるおたまの迫力に気圧《けお》され、蔵人介は二の句が継げなくなった。

「矢背さま、どうか、お聞きくだされ。わたしは鶴瀬さまに救っていただいたのです」

おたまは、涙ながらに語りはじめた。

八年前のはなしだ。参詣客でごった返す富岡八幡宮《とみがおかはちまんぐう》の参道で、巾着切《きんちゃっきり》のおたまはカモを物色《ぶっしょく》していた。狙ったのは恰幅《かっぷく》の良い商人《あきゅうど》で、いつもどおりに素知らぬ顔で近づき、擦れちがいざまに袂から財布を掏《す》ってやった。その瞬間、商人に手首を摑まれ、すんでのところで右腕を落とされかけた。

「それが鶴瀬さまでござりました」

当時は勘定方ではなく、小人目付《こびと》の探索方として幕臣の不正を追っており、役目柄、商人に身を窶《やつ》していたのだという。

「わたしは情けないことに、鶴瀬さまの正体を見抜けなかった。飛んで火にいるとは、このことでござります。成敗《せいばい》されても致し方ないとあきらめかけたとき、鶴瀬さまが仰いました。『腕をあげてもう一度挑んでこい。挑む勇気がないなら足を洗え』と。耳を疑いました。しばらくのあいだ、金縛りにあったように動くことができなくなった。もう止めよう、金輪際《こんりんざい》、悪党稼業から足を洗おうと決心したのでござります」

かたわらに控えた糸は、我慢できずに嗚咽《おえつ》を漏らしはじめる。

おたまは「ごめんね、ごめんね」と謝りながら糸の肩を抱き、静かにはなしをつづけた。

「鶴瀬さまのおかげで、わたしは足を洗うことができました。言うほど容易なことじゃなかったけど、鶴瀬さまに遠山さまをご紹介いただきましてね、遠山さまはわたしのような者を足抜《あしぬ》けさせるために、骨を折ってくだすった。巾着切の元締めに借りをつくっちまったんですよ。鶴瀬さまだってそうだ。わたしのせいで、遠山さまに借りをつくっておしまいになった。だから、何でもご自身で抱えこみ、お命を縮めておしまいになったにちがいない。わたしのせいなんです、鶴瀬さまが亡くなったのは。わたしがいたらなかったせいなんです」

「それは考えすぎというものだ。そうやって自分を責めるな」

ふたりの因縁とおたまの尋常ならざるおもいを聞かされ、蔵人介は心を動かされた。

いずれにしろ、恩人の鶴瀬が殺《あや》められた真相を突きとめねばならないのだと、おたまは声を震わせる。

裏に潜む悪事のからくりをあばかねば、たしかに、鶴瀬は浮かばれまい。

「鬼役の旦那、たぶん、わたしにとっては、これが最後のご奉公になるとおもいます。ほんとうは、いつやめてもいいんだぞって遠山さまは仰ってくれたけど、鶴瀬さまの仇討ちだけはやらしてほしいと、我《わ》が儘《まま》を聞いていただいたんです」

「そうであったか」

最後のご奉公ということばに驚かされると同時に、おたまが情に衝《つ》き動かされて

「仇討ち」をやろうとしていることに一抹の危うさをおぼえた。冷静さを失えば、間者としての役目はまっとうできない。


それは自分もいっしょだ。市之進にも「お役目に情を持ちこんでは、ただの役立たずになってしまう」と、たしなめられたではないか。

もっと冷静にならねばと、蔵人介はみずからに言い聞かせた。

六

遠山景元から上屋敷への来訪を促す使者が訪れたのは、翌晩の夕餉を済ませたあとだった。

家の連中は何事かと驚いたが、家慶公の嗜好《しこう》を尋ねたいらしいなどと適当に取りつくろい、ともかくも身なりを整えて家を飛びだした。

冠木門《かぶき》の外には早駕籠が待っており、蔵人介は戸惑いつつも乗りこんだ。

供の串部六郎太《くしべろくろうた》は清水家の探索にあたらせているのでおらず、代わりに下男の吾助《ごすけ》を随伴させねばならない。

吾助は還暦を過ぎているにもかかわらず、息も切らさずに駕籠脇を疾駆《しっく》しつづけた。

それだけでも、ただ者でないことはあきらかで、じつを言えば、志乃が生まれ故郷の洛北八瀬《らくほくやせ》から連れてきた従者であった。

八瀬の民は鬼の子孫であることを誇り、鬼を祀《まつ》ることで知られている。比叡山《ひえいざん》と正面切って領地を争うほどの気概を備えており、天皇家とも関わりは深い。天子の輿《こし》を担ぐ使命を帯びてきたばかりでなく、禁裏《きんり》の間諜《かんちょう》としても暗躍してきた。闇の世では「天皇家の影法師」と畏怖《いふ》され、戦国期の織田信長《おだのぶなが》でさえも闇の族《うから》の底知れぬ能力を懼《おそ》れたという。

矢背家は、そうした族の首長に連なる家柄であった。代々女系で、武芸に長《た》けた御家人を養子にとり、禁裏と敵対する幕府の毒味御用をつとめてきたのだ。その理由は定かでないが、鬼の血を引く志乃を「故郷を捨てた裏切り者」と呼ぶ縁者もいるらしい。

ともあれ、八瀬の男たちは天子の輿かきを命じられてきただけあって、総じてみな背が高い。吾助も老いて縮んだとはいえ、背丈は五尺八寸を超えていた。しかも、猫のようにすばしこく、並みの下男ではない。駕籠かきどもが目を丸くするのも当然だった。

蔵人介を乗せた駕籠は疾風となり、芝口《しばくち》から愛宕下《あたごした》へ抜けていった。

遠山の上屋敷は神保《じんぼう》小路と日陰町《ひかげちょう》通りが交差する角にあり、周囲には中小大名の上屋敷が集まっている。

そもそも、遠山家は知行五百石の中堅旗本にすぎなかったが、父の景晋《かげみち》が実入りの多い長崎《ながさき》奉行を勤めていたおかげで、景元は知行四千二百石を誇る百人組頭の妹を嫁に迎えることができた。

家格の差は天と地ほどもある。当然のごとく、家では妻女に頭があがらない。外で奔放なすがたをみせているのは、家で窮屈な仕打ちにあっているからではないのかと、蔵人介は勝手に想像を膨らませた。

空には叢雲《むらくも》が流れている。

蔵人介は駕籠を降りた。

口を開けば、吐く息は白い。

吾助に般若湯《はんにゃとう》のはいった竹筒を手渡し、豪壮な正門の脇にある潜り戸を抜けた。

門の内では、手燭《てしょく》を掲げた若い用人が待ちかまえている。

「矢背蔵人介さまであられますな。御奉行がお待ちかねにござります」

慇懃《いんぎん》な態度に辟易《へきえき》としつつも、案内されるがままに裏手へまわり、中庭に通じる簀戸《すど》を潜りぬける。

すると、苔生《こけむ》した織部《おりべ》灯籠の背後から、懸命に木刀を振る音が聞こえてきた。

——ぶん、ぶん。

なかなかの力強さだ。

背後にまわってみると、片肌脱ぎの遠山が月代《さかやき》に汗を光らせていた。

「よう来たな」

そう言って諸肌《もろはだ》脱ぎになり、こちらに隆々《りゅうりゅう》とした背中をみせる。

極彩色に彩られた倶利迦羅紋々が、灯籠の明かりに浮かびあがった。

「ほう。噂どおり、見事な彫り物にござりますな」

「おぬしに自慢したかったのさ。それで、呼んだようなものだ」

遠山はにっと笑ったそばから「へきしょっ」と、くしゃみをする。

長々と垂れた洟水《はなみず》を啜りあげ、そそくさと座敷へ戻っていった。

蔵人介も雪駄を脱いで廊下へあがり、洟垂れ奉行の背につづく。

「障子を閉めてくれ」

「は」

遠山は大きな炬燵《こたつ》に手足を突っこみ、猫のように背を丸めた。

「遠慮するな。さあ、おめえさんもあたるがいい」

「はあ」

まっすぐに整えた髷《まげ》のせいであろうか、べらんめえな口調が、今宵ばかりはそぐわない。

「へへ、こうみえても、おれの役料は三千石だぜ。勘定奉行とひとつ炬燵にあたることができんのは、本丸の鬼役くれえのものさ」

気の利いた返答が浮かばず、蔵人介は膝先だけを炬燵蒲団に触れさせた。

「知ってのとおり、遠山家は吹けば飛ぶような旗本だ。おれが勘定奉行にしてもらった理由は家禄じゃねえ。こいつよ」

そう言って、遠山は自分の右腕を叩く。

「おれは若えころ、ずいぶん放蕩をかさねた。家を継ぐ気なんざ、これっぽちもなかったからな。おかげで世情に通じるようになった。銭金の稼ぎ方にも詳しい。自分で言うのも何だが、胆も据わっている。でもな、そんなやつは上の連中から疎《うと》まれるにきまっているのさ。出る杭は打たれるって寸法よ。何も、おれにかぎったことじゃねえ。御歴々は隙《すき》あらば競う相手を蹴落とそうと、鵜《う》の目鷹《たか》の目で狙っていやがる。でえじな政事《まつりごと》はそっちのけでな」

いったい、何が言いたいのか。

せっかちに喋りつづける丸顔の男を、蔵人介は冷めた目でみつめた。

「かの鳥居耀蔵も野心旺盛な莫迦たれのひとりだ。実家が将軍家の儒者だけあって、人一倍鼻っ柱が強《つえ》え。負けることがでえ嫌えでな、勝つためにゃ手段を選ばねえのさ。水野さまの引きで御目付になった途端、弱い者いじめの本領を発揮しはじめた。少しでも反撥しようものなら、躍起になって潰しにかかる。まったく、箸にも棒にもかからねえ野郎なんだよ、鳥居ってやつは」

遠山は愚痴を並べたて、後ろの長火鉢に手を伸ばす。

五徳には湯を張った鍋が置かれ、銚釐が入れてあった。

隣の網には鯣《するめ》が並べられ、香ばしい匂いが漂ってくる。

「何かねえと淋しいかんな。さあ、燗がついた。ひと肌だぜ。ほれ、盃を持ちな」

手渡された盃に、なみなみと酒が注がれた。

舐めてみる。

「へへ、毒は仕込んでねえぜ。正真正銘の満願寺だよ」

「いかにも」

冷えた五臓六腑に沁《し》みる酒だ。

遠山の盃にも注いでやり、ふたりは上等な酒を呑みかわす。

「清水家の差配を任された家老のこと、ちょいと調べてみたぜ。鎮目主膳ってのは、なかなかの狸さ」

年齢は五十代のなかば、数年前までは旗本の出世頭だった。それが証拠に、本丸の勘定奉行まで出世したが、公金横領の嫌疑で役を外され、しばらくは寄合席《よりあい》で息をひそめていた。ところが、よほど巧みな手を使ったとみえて、一年も経たずに清水家の家老となって返り咲いた。そして、三年後には筆頭家老まで昇りつめた。

「鎮目は密かに金を貯めていた。そいつを幕閣《ばっかく》の御歴々にばらまいたにちげえねえ。さもなきゃ、御三卿の家老なんぞという美味しい役にゃ就けねえさ」

清水家にかぎらず、御三卿の重職に就く者は有力な旗本から抜擢される。出向いた者たちには幕府から支給される家禄とは別に、御三卿の家からも俸禄が支給された。たとえば、清水家の家老となった鎮目主膳には、家禄千五百石のほかに俸禄として二千俵が与えられる。

「だからな、利に聡い連中は御三卿の家への転進を望む。鎮目にしてみりゃ、してやったりってところだったろうぜ」

清水家の当主は第五代の斉彊《なりかつ》、大御所家斉《いえなり》の二十一男である。

斉彊には賄料として、武蔵《むさし》、上総《かずさ》、下総《しもうさ》、甲斐《かい》、大和《やまと》、和泉《いずみ》、播磨《はりま》の七ヶ国に、都合十万石の領地が与えられていた。これを治める費用は幕府持ちであるにもかかわらず、領地からあがる年貢はそっくりそのまま清水家の勝手《かって》にはいる。

「坊主丸儲けってのはこのことさ」

十万石のなかで甲斐に有する領地は、山梨郡《やまなしごおり》三十ヶ村の一万四千石におよぶ。広大な幕領のなかに飛び地で存在し、双方の境界が曖昧なところも少なくない。

重臣の知行地はこれとは別だが、多くは当主の領地に接している。鎮目に与えられた知行地は四百石足らずだが、代官の鶴瀬伊織が治める幕領との境界に棚田が多くふくまれており、棚田からあがる年貢は五百石を遥かに超えるらしかった。

棚田を所有できるかどうかは、年貢米の多寡《たか》に大きく影響する。したがって、鎮目側と代官側は、たがいに一歩たりとも譲る気配をみせていなかった。

遠山は鰑《するめ》をひっくり返し、はなしをつづける。

「今から二年前の葉月《はづき》、甲斐では大きな百姓一揆が勃《お》こった。郡内一揆だ」

絹織物価格の暴落によって引きおこされ、郡内から甲州道中の村々へ燎原《りょうげん》の火のごとく広がった。筵旗《むしろばた》を掲げた大勢の百姓たちが笹子《ささご》峠を越え、甲府盆地の東にある米穀商や豪農を襲ったのだ。

「清水家の重臣どもも、さぞかし肝を冷やしたことだろう」

多くの領地が荒らされたが、鎮目の知行地は無事であったという。かえって都合のよいことに、幕領との境界がいっそう曖昧になり、どさくさに紛れて棚田の百姓たちを大勢取りこんでしまったらしかった。

「そいつが境界をめぐる揉め事の経緯《いきさつ》さ。でもな、そういったはなしなら、勘定奉行のおれを通すはずだ。鶴瀬が江戸へ出てきたのは、境界のはなしじゃねえ」

訴状にしたためた内容は別件だと、遠山は主張する。

蔵人介は不満げに口を尖らせた。

「清水家に関わりがないと仰るので」

「いいや、そうは言ってねえ。鶴瀬はおめえさんとの申し合いにのぞむ直前、清水御門の上屋敷を訪ねている。門番に確かめたから、そいつはまちげえねえ。水臭え野郎だ。面倒事はぜんぶ自分で解決しようとおもったのだろうよ。おれに迷惑を掛けねえようにしたつもりが裏目に出たのさ」

遠山には、何かおもいあたることでもあるのだろうか。

「邪推の域を出ねえが、清水屋敷は伏魔殿《ふくまでん》のようなものだと揶揄《やゆ》する者もいる」

「伏魔殿」

「ああ、そうだ。幕府から支給される御用金《ごようきん》の使い途がはっきりしねえのさ。無論、勘定所に納められた帳簿はある。じっくり眺めてはみた。家臣たちへの俸給《ほうきゅう》や普請《ふしん》の中味が事細かに記されてはいるが、そいつを証明するにゃ領地に何ヶ月も張りついて調べなくちゃならねえ。つまりは粗探《あらさが》しだ。しかも、相手は御三卿清水家。そいつは代官の役目じゃねえ。目付でも負担が重すぎる。敢えて言えば、御庭番《おにわばん》の役目さ。御庭番を動かすにゃ、鶴の一声が要る。そいつはまず、無理なはなしだ。証拠《あかし》もねえのに城内の噂を真に受けて、上様を煩《わずら》わすわけにゃいかねえ。要するに、帳簿の中味を確かめる手だてはねえのさ。そうなりゃ、御用金は清水屋敷に長く居座る重臣どもの意のままになる。だから、伏魔殿なのさ」

遠山は鰑を齧《かじ》り、おのれの盃に酒を注いだ。

「伏魔殿に探りの手を突っこめば、命を縮めることになる。鶴瀬にゃそれがわかっていたのかもしれねえ」

無謀と知りながらも、公儀の正義を信じて行動を起こしたのだとすれば、鶴瀬伊織は侍のなかの侍にまちがいない。逆《さか》しまに、何事もなかったかのように事を収めようとしている連中のことが、蔵人介には情けなくおもえてならなかった。

だが、肝心の遠山に先日のような迫力はない。

蔵人介は疑念を口にした。

「まさか、探索をお止めになるおつもりでは」

「止めはせぬ。おたまを伏魔殿へ送りこんじまったしな」

遠山は淋しげに笑った。

「これが最後のご奉公だと、おたまは言いやがった。あいつを手放したくはねえが、危ねえ橋を渡らせるわけにもいかねえ。あいつ、いずれは小料理屋をやりてえらしい。へへ、手先が器用なわりに、芋の煮転がしひとつ作れねえやつなのにな。おめえさんは味のわかる男だ。相談相手になってくれると助かるんだがな」

遠山は笑いながらも、不安を隠しきれない表情をする。

「おれが止めても、おたまは聞く耳を持たなかった。鶴瀬のことを父親のように慕っていたからな。こんなこと、おめえさんに頼めた義理じゃねえが、おたまのことを守ってやってほしい」

頭を垂れる遠山の目が潤んでいるようにもみえた。

おたまに命懸けの探索を命じておきながら命を守ってほしいとは、何とも虫のいいはなしだ。

無論、蔵人介は遠山に頼まれずとも、おたまの命を守るためなら何でもするつもりでいる。たとい、この身が危険にさらされようとも、このたびの一件から手を引く気は毛頭ない。

とは言うものの、おたまは今、手の届かないところにいる。守ってやりたくても守る術はなく、虚しさだけが去来した。

「さあ、もう一杯つきあってくれ」

遠山は新たに燗のついた銚釐を摘《つま》み、蔵人介の盃に注ぎはじめた。

七

遠山の屋敷を離れたときは亥ノ刻（午後十時）をまわっており、町木戸はすでに閉まっていた。

芝口へ向かう大路に人影はなく、火の用心を告げる拍子木の音だけが寒々しく響いている。

風は止み、空には刃のような月があった。

海が近いので、潮の香りも漂ってくる。

帰りの駕籠は用意されておらず、蔵人介は吾助を背にしたがえて夜道をゆっくり歩きはじめた。
吾助は串部とちがって無駄口を叩かず、影のように従《つ》いてくる。
しばらく進むと、芝口のあたりから、ごろごろと車を転がす音が聞こえてきた。
「大八車《だいはちぐるま》にござりますな」
吾助は警戒顔で蔵人介の正面に進みでる。
やがて、薄闇の狭間から大八車があらわれた。
頬被りの男ふたりが前後につき、酒樽のようなものを運んでいる。
いかにも怪しい。
蔵人介と吾助は足を止め、道端に身を寄せた。
大八車は勢いを増し、車を軋《きし》ませながら迫ってくる。
そして、通りすぎようとした瞬間、酒樽のなかから人が飛びだしてきた。
「じぇえええ」
野獣のごとき叫声をあげ、遥か頭上から襲いかかってくる。
「お退がりくだされ」
吾助が立ちはだかった。
懐中から細い筒を取りだし、筒口に口を当てる。

「ふっ」

吹き矢だ。

賊の目に命中したと、おもいきや、鉄鎖で弾かれる。

弾いた勢いのまま、分銅《ふんどう》つきの鉄鎖が鎌首《かまくび》をもたげた。

吾助の翳《かざ》した吹き矢の筒に絡みつく。

「乳切木《ちぎりき》か」

吾助はあっさり筒を捨て、脇差《わきざし》を抜きはなった。

相手は覆面をしているので、面相はわからない。

両肩の肉が瘤《こぶ》のように盛りあがった大柄な男だ。

「忍だな」

吾助が問いかけても返答はない。

一方、蔵人介は頰被りの連中に挟まれていた。

「殺《や》れっ」

首領格の覆面男が発するや、ふたり同時に土を蹴る。

蔵人介は少しも慌てず、わずかに屈みこんだ。

「はっ」

膝を伸ばすと同時に抜刀し、独楽《こま》のように回転する。

前後から飛びかかったふたつの影が、声もなく地べたに落ちた。

愛刀、来国次《らいくにつぐ》の斬れ味は鋭い。

ひとりは胸乳を、もうひとりは喉笛を裂かれていた。

蔵人介は一太刀で、ふたりを葬ってしまったのだ。

太刀行《たちゆき》が捷《はや》すぎ、見極めることすらできなかった。

――ぶん。

樋《ひ》に溜まった血を振り、黒蠟塗《こくろうぬ》りの鞘に納める。

「ちっ」

首領格の男は舌打ちし、外八の字を描くように後退《あとじさ》りしはじめた。

「おぬし、挙母《ころも》の忍か」

吾助の問いにはこたえず、男は乳切木を腰帯に差し、さっと踵《きびす》を返す。

蔵人介は吾助に声を掛けた。

「だいじないか。おぬしがおらなんだら、危ういところであった」

「久方ぶりに命の縮むおもいをしましたぞ。長引いておったら、ぎっくり腰になるところでござりました」

皺顔の下男はそう言い、腰をさすってみせる。

「辻駕籠でも拾うか」

「とんでもござらぬ。贅沢をしたら、大奥さまに叱られます。それにしても、強敵でござりましたな」

「挙母の忍とか申しておったな」

「あやつの足捌き、かつて挙母藩に召しかかえられておった忍どもの動きに似ておりました。されど、今は挙母に忍などおらぬはず。おそらく、はぐれ忍にござりましょう」

「はぐれ忍か」

金さえ積めば殺しをも厭《いと》わぬ刺客のことだ。

「得物《えもの》をご覧になりましたか」

「乳切木だったな」

吾助が亀のように首を伸ばす。

「こちらの素姓を知ったうえで、襲ってきたのでござりましょうか」

「いいや、そうではあるまい。遠山さまを見張っておったのだろう」

「近づく者はすべて消せと、誰かに命じられておったのやも」

「いずれにしろ、早晩、素姓は知れような」

「どうなされます」

問われて、蔵人介は語気を強めた。

「一刻も早く、刺客を雇った者の正体をつきとめねばなるまい。鶴瀬さまが殺められた一件と関わりがあるやもしれぬ」

「あくまでも、やり通すおつもりでござりますか。さすが、矢背家のご当主。胆が据わっておられる」

吾助に褒められると、素直に嬉しい。

十一歳で養子に来てから、ずっと気に掛けてもらってきた。

ともあれ、闇はいっそう深まりつつある。

敵の正体を見定めないことには動きようがないと、蔵人介はおもった。

八

四日後。

蔵人介を乗せた猪牙舟《ちょきぶね》は夕暮れの水面を静かに滑り、吾妻橋《あづま》を潜りぬけた。

従者の串部六郎太は艫《とも》に座り、寒そうに肩を震わせている。

せめて屋根船にすればよかったのにと、文句を言いたげだ。

霜月もなかばに近づくと、日ごとに寒さは増してくる。

串部は横幅のあるからだを縮め、恨めしげに岸辺を遠望した。

遥か左岸にみえる小高い丘は、吉原《よしわら》遊廓に向かう舟が目印にする待乳山《まつちやま》聖天《しょうでん》である。

「ここまで来て廓《くるわ》に行けぬとは。夫婦和合の聖天さんが、何やら霞んでみえ申す」

串部の文句は聞きあきたが、滅入《めい》っている気持ちは理解できた。

ここ数日、寝る間も惜しんで清水家の内情を探っていたのだ。

わかったことがひとつあった。

老中鎮目主膳のもとで勝手を任されている人物のことだ。

名は菱山広之進《ひしやまひろのしん》、清水家の勘定奉行である。

菱山の素姓が変わっていた。旗本の出ではない。甲州か上州の代官に雇われた手代から身を起こし、立身出世を果たしたのだという。銭勘定に長《た》けていたのだろうが、鎮目の引きで出世したのはまちがいなかった。

その菱山に、横領の噂があった。

妬《ねた》みから生じた根拠のない噂だが、火のないところに何とやらで、菱山は向島《むこうじま》に身分不相応な豪邸を建てたり、一流の料亭を貸しきりにして宴会を催したりと、派手な振るまいをしていた。さらに、甲州には三百石余りの知行地も与えられている。

「阿漕《あこぎ》なことをせぬかぎり、それだけの待遇は得られませぬ」

串部は太い鬢《びん》を反りかえらせ、羨ましげに言った。

悪党とおぼしき者をみつけると、この男は武者震いを禁じ得なくなる。

柳剛流《りゅうごう》の遣い手でもあり、悪党の臑《すね》を刈ることに使命を燃やしているのだ。

山谷堀《さんやぼり》に架かる今戸《いまど》橋の周辺には、猪牙舟の舫《もや》われた船溜まりがいくつもあった。無数の木杭が打ちこまれた岸辺には、浮かれた遊客たちのすがたもみえる。今から勇んで日本堤《にほんづつみ》を闊歩《かっぽ》し、吉原の大門《おおもん》へ向かう連中のことだ。

今戸橋まで猪牙舟で来て、大門を潜りもせずに帰る。たしかに、これほど野暮《やぼ》なことはない。

山谷堀を挟んだ対岸には今戸焼きの窯《かま》が並び、黒い煙が幾筋も立ちのぼっていた。

槻木《つきのき》の並ぶ山門の奥には、慶養寺《けいようじ》の甍もみえる。

猪牙舟は桟橋に着いた。

ふたりは陸《おか》にあがり、出合茶屋の狭間を通って露地裏へ向かう。

袋小路の突きあたりに、黒板塀の仕舞屋《しもたや》をみつけた。

「あれでござるな」

「ふむ」

火の灯ったばかりの行灯には『花扇《かせん》』とある。

小料理屋だ。年季の明けた花魁《おいらん》の源氏名《げんじな》を屋号《やごう》にしたらしい。

女将は還暦を超えている。吉原の大籬《おおまがき》で長いあいだ御職《おしょく》を張り、年季が明けてからは遣り手《やりて》を任され、馴染みの旦那衆から信頼を得たうえで今戸に見世を持った。食材は新鮮で板前も一流どころ、一見《いちげん》の客は受けつけない。

噂には聞いていたが、蔵人介も足を踏みこむのは初だ。

ここへ呼ばれた理由は、ふたつほどある。ひとつは誰からも邪魔されずに密談ができること、さらにもうひとつは、女将が今から会う人物の囲い者らしいということだ。

表戸が音もなく開き、女将が白い顔をみせた。

「ようこそ。お待ち申しあげておりました」

薹《とう》は立っているものの、廓に居着いた者の色気がある。

蔵人介は誘われるがままに、雪駄を脱いだ。

「お供の方はこちらへ」

渋い顔をする串部と分かれ、狭い廊下をわたって奥座敷へ通される。

壺庭のみえる六畳間で待っていたのは、丸眼鏡を掛けた小柄な老臣だった。

橘《たちばな》右近《うこん》、役料四千石の御小姓組番頭をつとめる人物だ。

千代田城中奥《なかおく》の「重石《おもし》」として公方家慶の信頼も厚く、目安箱の管理まで任されている。一方では「策士」として警戒する重臣たちもおり、いずれにしろ、二百俵取りの鬼役が目通りできる身分の相手ではない。

だが、くつろいだ恰好で座っていると、それほど偉い人物にはみえなかった。

この橘から、蔵人介は「裏の役目」を命じられている。

「そこに座れ」

下座に腰を降ろした途端、凄まじい雷が落ちた。

「うつけものめ。おぬし、誰の命《めい》で動いておるのじゃ。まさか、遠山の犬になりさがったのではあるまいな」

さすがに面食らったが、疑念のほうが先行した。

どうやって、遠山との関わりを察知できたのだろうか。

「代官殺しの一件は聞いた。今朝、殿中でご老中の水野さまに呼びとめられ、低声《こごえ》で囁《ささや》かれたのじゃ。目付の領分を侵さぬようにと、釘を刺されたのじゃぞ。血の気が引いたわ」

すぐさま手の者に調べさせ、蔵人介が遠山の指示で動いていることをつきとめたのだという。

「まさか、おぬしが動いておろうとはな」

目付の鳥居耀蔵は、水野越前守忠邦《えちぜんのかみただくに》の子飼いである。代官鶴瀬伊織の訴状は、鳥居から水野の手へもたらされたにちがいない。水野は訴状の中味を吟味したうえで、橘に愚痴をこぼしたのだ。

橘の配下に密命を帯びた鬼役が控えており、代官殺しの一件に探りを入れていることも承知していたことになる。

はたして、遠山との結びつきがどこから漏れたのか。

市之進ではあるまい。となれば、遠山の屋敷そばで襲ってきた刺客の線から割りだされたことになる。刺客を雇った者が蔵人介の素姓を調べ、さっそく目付筋へ圧力を掛けた。それを受けた鳥居の口から、水野に伝わったとしか考えられない。

「水野さまは、わしが命じたと誤解しておられる。それゆえ、領分を侵すなと脅しつけたのじゃ。これでひとつ、大きな借りができたわ」

「それは申し訳ないことをいたしました」

慇懃な態度で言いはなち、畳に三つ指をつくと、橘は扇子を投げつけてきた。

「それで腹を切れ。扇子腹《せんすばら》じゃ。わしが首を落としてくれる」

「お望みなら」

顔を持ちあげて睨むと、橘はさすがに黙った。

「戯《ざ》れ言《ごと》じゃ。真《ま》に受けるな。それにしても、何故、おぬしが清水家を嗅《か》ぎまわっておる。しかとこたえよ」

蔵人介は憮然《ぶぜん》とした顔で押し黙った。

「よし、こたえられぬと申すなら、わしが言うてつかわす。義弟が鳥居耀蔵の下におるからであろう。遠山は鳥居の手に渡った代官の訴状を欲し、義兄のおぬしを頼った。それが筋だ」

鶴瀬との浅からぬ因縁には気づいていないようだが、短いあいだによく調べられたものだ。

おそらく、公人朝夕人《くにんちょうじゃくにん》の土田伝右衛門《つちだでんえもん》が動いたにちがいない。

伝右衛門は公方家慶の尿筒持《しとづつ》ちだが、武芸百般に通じており、裏では間諜の役割を帯びている。橘との連絡役《つなぎ》でもあり、蔵人介としても一目置かざるを得ない相手だ。

「遠山はああみえて、抜け目のない野心家じゃ。おぬしは誑《たら》しこまれておるのだぞ。それがわからぬのか」

橘の怒りもわからぬではないが、反撥したい気持ちもある。

「おぬしの美点は、余計なことに首を突っこまぬところじゃ。肝心のお役を忘れたわけではあるまい。ふん、何か言いたそうじゃな」

「ひとつだけ、お教えくださりませ」

「何じゃ」

「橘さまは、代官の死にご不審を抱かれぬのでござりましょうか」

「それを聞いて何とする」

「それがしは、この一件をお役目と考えております。何となれば、悪事をはたらく奸臣ども蠢《うごめ》く気配を感じるからでござる。亡き養父《ちち》は『幕臣どもの悪事不正から目を逸《そ》らしてはならぬ。ひとたび奸臣と見定めたならば、迷わず一刀のもとに断て』と申しました。それが鬼役の使命と心得てござります。たとい、橘さまといえども、理不尽な命にはしたがえませぬ。それがしは、みずからの信条に殉じる覚悟って切れと仰るなら、喜んで切ってさしあげましょう。代官殺しの一件に首を突っこむなと仰るなら、明確な理由をおしめしいただきたい」

蔵人介の物言いは静かだが、橘を震撼《しんかん》させるほどの迫力を持っていた。

「……しょ、正気か。おぬし、誰にものを言うておる。たわけめ、もうよい。ともかく、自重《じちょう》せよ。取りかえしのつかぬことになるまえにな」

蔵人介が失態を演じれば、橘の立場も危うくなる。

清水家の重臣たちのこと以外にも、何か隠していることがあるのだろうか。

「さあ、験直《げんなお》しじゃ」

橘は手ずから銚釐を取り、盃に上等な諸白《もろはく》を注ごうとする。

これを丁重に断ると、蔵人介は早々に部屋から立ち去った。

九

おたまは清水屋敷の奥向きにあって、水汲みに精を出していた。

年齢を偽って下働きのお末《すえ》になり、まんまと潜入をはかったのだ。

仕える相手は奥向きの差配を任されている橋上《はしがみ》という老女だった。奥向きの序列は徳川宗家に準じているものの、規模は小さい。ただ、小さいなりに力のある者同士が派閥をつくり、何かと張りあっていた。

橋上に対抗するのは、滝川《たきがわ》と称する中﨟《ちゅうろう》である。御台所《みだいどころ》を差しおいて、当主斉彊の寵愛《ちょうあい》を一身に受けており、嗣子《しし》となる子を孕《はら》む日も近いと目されていた。その若い滝川のもとへ、利に聡い御殿女中たちが集まっている。

「滝川め、年下の殿を誑《たら》しこみ、お家を乗っとる腹なのじゃ」

橋上は般若《はんにゃ》の形相で悪態を吐き、周囲の女官たちを身震いさせた。

間者のおたまにしてみれば、こうした対立は歓迎すべきことだった。

真偽はともかく、いたるところから人の噂話は聞こえてくるし、表《おもて》を司る重臣たちの相関図も透けてみえる。なにせ、千代田城とは異なり、表向きと大奥が銅塀で仕切られているわけでもない。双方の行き来に制限はなく、表のほうで番方にみつかっても咎《とが》めだてされる恐れはなかった。

それでも、おたまは慎重に構え、潜入から五日目を迎えた今日まで夜半には行動を起こさなかった。なにぶん新参者であったし、表の雰囲気にはぴりぴりしたものを感じていたからだ。

もしかしたら、鶴瀬伊織の不審死が関わっているのかもしれない。

そうおもうと、焦りは募った。

是が非でも、鶴瀬を殺めた下手人をみつけたい。

その一念が、無理な行動をとらせたのであろう。

おたまは深夜に床を抜けだし、闇のなかを探りまわった。

すでに、広大な屋敷の配置は隅々まで頭にはいっている。

重臣たちの控え部屋や見張りの位置なども確認してあった。

まっさきに狙いをつけたのは、勘定奉行の控え部屋である。

清水家には毎年、幕府から何万両もの御用金がもたらされていた。御用金の使い途に関して、公儀のほうでも良からぬ憶測が飛びかっており、清水家の勝手を「伏魔殿」などと揶揄《やゆ》する向きもあった。

勝手を牛耳っている人物こそ、勘定奉行の菱山広之進なのだ。

菱山の素姓については曖昧な点が多い。甲州か上州にある豪農の子弟で、代官の手代から立身出世を果たしたという。それが真実ならば、調べてみる価値は大いにあった。だいいち、よほどの悪事をはたらかねば、百姓の家に生まれた者が御三卿の一翼を担う名家の勘定奉行にまで昇りつめられるはずもないからだ。

気をつけて菱山を見張っていると、頻繁に出入りしている商人がひとりあった。笹子屋小兵衛《ささごやこへえ》、みるからに狡猾《こうかつ》そうな絹糸問屋だ。甲州一帯で産する絹糸を一手に扱い、大口の金貸しもやっている。笹子屋のことを調べれば、きっと何か出てくる。

おたまは鋭い勘をはたらかせ、菱山の周辺をそれとなく見張った。できれば外へ出て笹子屋を調べたかったが、住みこみの下っ端なので、容易に屋敷から抜けだすことはできない。外へのお使いや代参《だいさん》のお供などは、年季をある程度積んだ女官《にょかん》たちにしか許されぬことだ。

無論、そんなことは潜入前からわかっている。外と連絡を取る方法は、遠山のほうで上手く手配してくれるはずだった。植木職人か掃除の者か、あるいは、奥向きに出入りの許された小間物《こまもの》などを扱う行商か、いずれにしろ、向こうから近づいてくる者があれば、味方と信じて文を託すしかない。

今のところ、それらしき者はあらわれなかった。

こちらからも報せるほどのことはなかったが、おたまは焦らずに待ちつづけた。そして夜半となり、菱山のもとへ笹子屋が訪ねてきたのをみつけたのだ。いつもとちがって刻限が遅いだけに、よほど重要な密談と察せられた。

おたまは高鳴る鼓動を鎮め、足を忍ばせて菱山の控え部屋へ向かった。そして、廊下の壁に張りつき、なかの様子を窺《うかが》った。

いくら耳をそばだてても、会話の内容までは聞きとることができない。

ただ、菱山から笹子屋へ、何かたいせつな書状が手渡されたことだけはわかった。

よし、掏りとってやる。

鶴瀬の恨みを晴らしたい一念が、おたまに大胆な行動をとらせた。

先回りをして裏木戸から外へ抜けだし、物陰に身を隠したのだ。

着物をわざと泥で汚し、顔に白粉《おしろい》を塗りたくった。

水玉の手拭いで髪を覆い、手拭いの端を赤い口で咥《くわ》える。

襟元を少しだけはだけると、夜鷹《よたか》にしかみえなくなった。

やがて、辻向こうから、一挺《ちょう》の宝仙寺《ほうせんじ》駕籠があらわれた。

用心棒らしき強面《こわもて》の浪人も、駕籠の後ろから従いてくる。

はかったように裏木戸が開き、狡猾そうな狸顔がみえた。

今だ。

おたまはつつっと音もなく近づき、笹子屋の背後に立った。

「旦那、遊んでくださいな」

妖しげに笑みをかたむけ、黒羽織の袂に触れる。

「穢《けが》らわしい。離れろ、売女《ばいた》め」

笹子屋が袖を振ると、強面の用心棒どもが駆けよってきた。

おたまはすっと音もなく身を離し、物陰に取ってかえす。

駕籠は地べたから浮きあがり、辻向こうへ消えた。

「ふん、巾着切のおたまを舐めんじゃないよ」

目途は遂げていた。

おたまは掏った書状を取りだし、月明かりに翳してみる。

――証文　譲渡金三万両　甲州絹十組問屋肝煎り笹子屋小兵衛に授けるものなりとあり、末尾に日付と「清水家勘定奉行菱山広之進」の署名と花押《かおう》が見受けられた。

「……もしや、これは」

阿漕《あこぎ》な商人が有力大名からお墨付きを貰い、千両万両の大金を預かって米相場に投じるはなしを聞いたことがある。

それと同じ類のお墨付きなのではあるまいか。

笹子屋は清水家の勘定奉行を介して大金を預かり、米相場に投じようとしているのかもしれない。

すなわち、三万両の価値があるお墨付きを、おたまは掏りとったことになる。

手が小刻みに震えてきた。

三万両は公金にまちがいない。

菱山は公金を米相場に投じ、金を殖やそうとしているのだ。

これまでもそうやって、利殖をはかってきたのかもしれない。

もちろん、それは許されざる大罪だった。

勘定奉行の一存で、できることではない。

きっと、家老の鎮目主膳も関わっている。

ひょっとしたら、代官の鶴瀬はこの大掛かりな公金横領の仕組みを見抜いたのではあるまいか。そのせいで命を縮めたのだとしたら、遺書めいた訴状をしたためた理由も納得できる。

ともあれ、悪事の証拠となるお墨付きさえあれば、悪党どもの息の根を止めることができるかもしれない。鶴瀬を葬った下手人たちに報復する機会も得られるだろう。

おたまは書状をたたみ、懐中に仕舞った。

「こうなれば、一刻も早く遠山さまにお渡しせねば」

もはや、清水屋敷に未練はない。

おたまは、物陰から身を躍らせた。

刹那、暗闇から男の声が響いてきた。

「間者め」

鎌首をもたげた鉄鎖が首に絡みつく。

「ぬぐっ」

「暴れたら絞まるぞ。ぐいぐいとな」

首筋に、誰かの臭い息が掛かってくる。

つぎの瞬間、目のまえが真っ暗になった。

十

おたまの潜入から七日経ったが、いまだに連絡はない。

安否が案じられるなか、遠山から首をかしげたくなる一報がはいった。

公事宿を営む甲州屋久蔵が町奉行所の命により、五十日間の手鎖《てぐさり》に処せられたというのだ。

理由は一年前に滞在した百姓たちから訴訟和解の礼金を貰ったというもので、公事宿の亭主なら誰でもやっていることだった。

甲州屋は殺された鶴瀬伊織の実弟である。これも代官殺しの一件を封じる措置のひとつなのではないかと憶測された。信用を失った甲州屋は、廃業に追いこまれるかもしれない。

一方、鶴瀬糸のほうはどうやら、遠山が隠密裡《り》に匿《かくま》っているらしかった。

いずれにしろ、目付筋に強力な圧力が掛かっているのは確かだ。

上の連中は結託して、何か重要なことを隠蔽《いんぺい》しようとしている。

悪事に関わったのが清水家の重臣だけならば、これほどのやり方は取るまい。

もっと別の、蔵人介の与りしらぬことが隠されているのかもしれなかった。

それを知る方法は、やはり、目付筋に出された訴状の中味を知ることだ。

蔵人介は釣り人にすがたを窶《やつ》し、下谷《したや》の三味線堀《しゃみせんぼり》までやってきた。

屋敷を出たときから気をつけていたので、誰かに尾行されている恐れはない。

朝靄《あさもや》の晴れかけた汀《みぎわ》では、暇な連中がめいめいに釣り糸を垂れていた。

蔵人介は菅笠《すげがさ》をかたむけ、ざっと周囲をみまわす。

目を止めたさきに、菅笠を目深《まぶか》にかぶった侍が床几《しょうぎ》に座っていた。

岩のように蹲《うずくま》り、釣り竿をかたむけている。

蔵人介は何気なく床几に近づいた。

「お隣、よろしゅうござるか」

声を掛けると、侍が顔をあげる。

「どうぞ」

掠《かす》れた声で応じたのは、青褪《あおざ》めた顔の市之進だ。

ふたりは並んで座り、しばらくは黙って釣り糸を垂れた。

もちろん、鮒《ふな》を釣りにきたわけではない。

訴状の中味を教えてほしいと、再度、文で頼んでおいたのだ。

市之進のほうからも文が届き、三味線堀を指定してきた。

「尾行はおらぬようだぞ」

蔵人介が低声で囁く。

「されど、安心はできませぬ」

市之進は振りむかずに応じた。

「数日前から、同僚に見張られております」

「鳥居さまのお指図か」

「おそらくは」

それほどまでに神経を尖らさねばならぬこととは、いったい何なのであろうか。

「訴状をみればわかります」

「手に入れたのか」

「恐れ多いことかと存じましたが、写しを手に入れました」

「ふふ、さすが市之進。やるときはやるではないか」

「口外無用に願います」

「あたりまえだ。おぬしに万が一のことがあれば、幸恵に叱られるからな。ただし、遠山さまにだけは、おみせしなければならぬ」

「やはり、そうなりますか。ならば、義兄上のご一存でおみせしたことにしてくだされますよう。さもなければ、それがしは平気で上役を裏切る信用のできぬ者という烙印《らくいん》を押されます」

「ああ、わかっておる」

「それでは」

市之進は右手を伸ばし、さっと訴状の写しを手渡してきた。

蔵人介は周囲に目を配りつつ、奉書紙《ほうしよがみ》の包みを外して中味を開く。

――証文　譲渡金二万両　甲州絹十組問屋肝煎り笹子屋小兵衛に授けるものなり
とあり、末尾に日付と「清水家勘定奉行菱山広之進」の署名ならびに花押が書かれてあった。

「これは何だ」

「清水家の御用商人が二万両の公金を授けられたことのお墨付きでござります。笹子屋なる者はおそらく、内々に公金を預かり、米相場に投じておったのでござりましょう。そのお墨付きは悪事の動かぬ証拠《あかし》、御代官の鶴瀬伊織さまが意図せずに入手してしまったのでござる」

「意図せずに入手しただと」

「そのあたりの経緯は、訴状の添え書きに記されてござります」

繰りかえしになるが、代官の鶴瀬は清水家家老の鎮目と境界のことで揉めていた。清水家出入りの笹子屋が棚田の百姓たちを買収したのではないかという疑いを抱き、鶴瀬は笹子屋に密偵を送りこんでいたらしい。その密偵がお墨付きを入手した。

「清水家の重臣たちと笹子屋の蜜月ぶりは、数年前からのことにござります。米相場に投じられた公金も、かなりのものだったに相違ござらぬ」

市之進はぼそぼそと語り、少し間をあけてから吐きすてた。

「ただし、そこからさきがござります」

「そこからさき」

「はい。ここにある写しではなく、本物のお墨付きでなければわからぬことにござります」

「どういうことだ」

「奉書紙に透かしがござりました。陽に翳さねば、しかとは判別できませぬが、それは三《み》つ葉葵《ばあおい》の御紋にござりました」

「清水家の奉書紙ならば、三つ葉葵の御紋があっても不思議ではあるまい」

「いいえ。その透かしはあきらかに、大御所家斉公がお使いになる御紋にござりました」

うっと、蔵人介はことばに詰まった。

歴代将軍の使用してきた三つ葉葵には、特徴のちがいがある。たとえば、大御所家斉の御紋は外周が円だが、今将軍家慶の御紋は八角形状であるというふうに、ひと目で区別できるようになっていた。

「つまり、鶴瀬どのが入手したお墨付きには、大御所家斉公の奉書紙が使われていたと申すのか」

「いかにも。御代官が透かしのことを認識していたかどうかは判然といたしませぬ。おそらく、認識していなかったにちがいない。ただ、清水家重臣の悪事をあばく証拠として上申したのではないかと、目付筋ではみております」

それだけであったならば、清水家の勘定奉行と御用商人を捕らえればよいだけのはなしだ。ところが、鳥居が透かしに気づいた。

市之進は、一段と声を押し殺す。

「義兄上は、城内で『清水さまは大御所さまのお財布』という妙な噂が立っておるのをご存じか」

「いいや、知らなんだな」

根も葉もないはなしではない。清水家は第九代将軍家重《いえしげ》の次男重好《しげよし》を家祖とするが、重好の死去にあたって無嫡改易となり、一時、領地も家屋敷も幕府に召しあげられた。

それではまずいと、前将軍家斉が清水家の再興をはかり、三十年もの長きにわたって四人の子を当主に据えた。四人のうち、ふたりは夭折《ようせつ》し、ひとりは紀州《きしゅう》家の当主となった。今の当主斉彊はまだ十八歳の若殿で、誰がみても家斉の傀儡《くぐつ》だった。

当然のごとく、清水家の重臣たちはみな、大御所の意向に逆らえない。政事に容《よう》喙《かい》する大御所に反感を抱く公方家慶の側近には、大御所と清水家との緊密すぎる結びつきに疑念を抱く者もおり、皮肉を込めて「大御所さまのお財布」などと噂しあっているらしかった。

「石和の御代官は知らぬ間に、虎の尾を踏んでいたのでござりますよ」

虎とは、言うまでもなく、大御所家斉のことだ。

鶴瀬は清水家の重臣たちが御用商人と結託し、幕府の御用金を米相場に投じている証拠をみつけた。かりに、大御所家斉の命で御用金の一部を清水家から還流させているのだとすれば、目付筋としても下手に動くことはできない。

下手に追及していけば、大御所の恥ずべき罪を白日《はくじつ》のもとに晒《さら》すことにもなりかねないからだ。

そうなれば、幕府の沽券《こけん》にも関わってくる。

鶴瀬伊織の訴状を握りつぶすべく、幕閣から圧力が掛かったとしても不思議ではなかった。

「事があまりに大きすぎて、目付筋では手をこまねいておりまする。鳥居さまは上からの指図を仰いでおられるご様子ですが、これといった策も浮かんでおらぬようで」

「うやむやにするのか」

「おそらく、御家紋のほうはそうせざるを得ぬでしょう。ただし、御用金の不正な運用に関しては歯止めを掛けねばなりませぬ」

「歯止めとは」

「勘定奉行と笹子屋には、すみやかに消えてもらう。暗殺のご命令が、義兄上に下されるやもしれませぬ」

「莫迦な。そやつらを葬ったとて、まことの解決にはならぬ。それに、元凶とも言うべき家老はどうする」

「今のところ、悪事に関わった証拠はございませぬ」

「上の連中は見逃す気か」

「家老の手前で留めておけば、やんごとなき方に傷はつかぬとお考えなのかもしれませせぬ」

他人事のように喋りつづける市之進が、悪党の使いにみえた。

暗殺の命を果たすのは吝《やぶさ》かでないが、案じられるのは清水家に潜入しているおたまの安否だ。

蔵人介は橘から密命が下されるまえに、みずから行動を起こすことに決めた。

十一

異臭がする。
人を焼いた臭いだ。
おそらく、火葬場なのであろう。
鎖で首を絞められ、気づいてみれば目隠しをされていた。
空腹は感じない。尿意には何度も襲われたが、まだ我慢はできた。
ずっと眠っていたにちがいないが、捕まって三日は経っていまい。
人の気配も近づいてこないし、厳しい責め苦も受けていなかった。
ただ、空井戸《からいど》の底のようなところに置き去りにされている。
手足をきつく縛られていた。起きあがる気力も無い。
猿轡《さるぐつわ》は塡《は》められていないが、叫ぶ気力も起きなかった。
どうせ叫んだところで、誰も気づいてはくれぬだろう。
さきほどから、外壁を爪で引っ掻く音が聞こえている。

もしかしたら、屍肉《しにく》をあさる山狗《やまいぬ》であろうか。
「ぐるる」
壁越しに唸り声も聞こえる。
牙の隙間から涎《よだれ》を垂らし、獲物を喰《くら》おうと狙っているのだ。
ひょっとしたら、赤い目で壁の節穴から覗いているのかもしれない。
目を開けていたら、恐怖におののいていたところだ。
おたまは、目隠しに感謝した。
――ざくっ。
人の跫音《あしおと》が近づいてくる。
「きゃいん」
突如、山狗の断末魔が聞こえた。
――ぎぎっ。
扉がひらき、人の息遣いが聞こえてくる。
ひとりではない。少なくとも、四人はいる。
そのうちのふたりが、なかに踏みこんできた。
「まだ生きておるのか」

ひとりが偉そうに尋ねると、別のひとりが声をあげずに笑った。

「山狗の餌にしたければ、いつでもどうぞ」

ふたりの跫音が近づいてきた。

「御目付の鳥居よりも、気になるのは遠山の動きだ。おぬしが調べたとおり、遠山は鬼役と裏で通じておるらしい」

「鬼役とはいったい、何者なのでございましょう」

「御小姓組番頭の橘右近に命じられ、汚れ仕事をやらされている哀れなやつさ」

「されど、看過はできませぬ。あやつ、剣の力量には並々ならぬものがござります。それに、従者も並みの者ではござらぬ」

「要は、遠山がどこまで調べておるかだ」

「それを知るために、女を生かしておいたようなもの」

「そろりと、責め苦を与えてみるか」

「ふふ、忘れておりました」

すぐそばに、誰《よじ》かの手が伸びてくる。

おたまは身を捩って逃れようとしたが、後ろの石壁に阻まれた。

命じられた男は近くに屈み、命じた男は後ろに立っているのだろう。

おそらく、屈んでいるほうが、鉄鎖で首を絞めてきた男にちがいない。

おたまは、男の使った得物が乳切木《ちぎりき》ではないかと考えていた。

乳切木は、捕縄術に長けた捕り方や忍などが使う武器だ。

男の息遣いや声の調子から推せば、忍かもしれない。

一方、命じている男のほうは侍のことばを使っている。

少なくとも、笹子屋ではない。おたまの知る清水家の重臣たちにも、おもいあたる声の持ち主はいなかった。

いずれにしろ、一連の悪事の鍵を握る人物であることは確かだ。

おたまは本来の役目をおもいだし、侍の素姓を探ろうとおもった。

「ふふ、巾着切の腕はたいしたものだ。笹子屋から書状を掏りとった手並み、あれはなかなかのものだったぞ」

忍とおぼしき男の手が、おたまの右手を握った。

「うっ」

「驚かずともよかろう。わしが恐ろしいのか」

男はおたまの手を持ち、指で自分の顔に触れさせた。

「ひゃはは、気づいたか。鼻が無かろう。瘡《かさ》に罹《かか》って鼻の骨が抜けたのだ。ふふ、試しに番《つが》ってやってもよいぞ。さすれば、おぬしも鼻を失うやもしれぬ。どうした、震えておるのか。ふふ、細くて長い指だな。巾着切の指でいちばんだいじなのは、どの指だ。これか」

小指を摘まれる。

「ちがうか。なら、これか」

つぎは親指だ。

「これもちがうな。されば、こっちか」

人差し指を摘まれ、さらに、中指も摘まれる。

得も言われぬ恐怖が、喉元まで迫りあがってきた。

「最後に残ったのは、こいつだな」

薬指をぎゅっと握られた。

「……や、やめて」

「喋ったな。その調子だ。おぬし、遠山の間者なのか」

「……ど、どなたの間者でもありませぬ」

「ほっ、さようか」

刹那、薬指を甲のほうに捻じまげられた。

——ぼきっ。

鈍い音とともに、激痛が走りぬける。

「ぎゃああ」

悲鳴をあげるや、猿轡を嚙まされた。

後ろの石壁に頭を打ちつけ、意識が朦朧《もうろう》となる。

すかさず、猿轡を外された。ついでに、目隠しも外される。

相手をみないように顔を背けると、髪の毛を鷲摑みにされた。

「こっちをみろ。どうせ、おぬしは生きられぬ」

すぐそばにある男の顔は、鼻の欠けた恐ろしい顔だった。

後ろに立つ男のほうは、蒼々と月代を剃った瓜実顔《うりざね》の侍だ。

三十を少し超えたほどの若さだが、三白眼《さんぱくがん》で睨む目つきが尋常ではない。

瓜実顔が喋った。

「舌を嚙みたいなら、嚙むがいい。されど、役目をまっとうしたければ、何とかして生きのびる手管《てくだ》を探せ。わしの名は冬木数馬《ふゆきかずま》、自慢げに言うのも何だが、すべての元凶はこのわしだ。間者ならば、わしの名を飼い主に報せたかろう」

冬木と名乗る月代侍は懐中に手を突っこみ、黒光りした短筒を取りだした。

二連発筒だ。

おたまは息を呑む。

鶴瀬伊織を後ろから撃ったのは、この男にまちがいない。

「卑怯者め」

おたまは憎々しげに吐きすてた。

間髪《かんはつ》を容《い》れず、冬木は引鉄《ひきがね》を引いた。

──ぱん。

筒音と同時に、鉛弾が耳を掠《かす》める。

──がつっ。

背中の石壁に穴が穿《うが》たれた。

「ふひゃひゃ、莫迦め」

硝煙のたちこめるなかに、冬木の笑い声が響く。

物狂いだなと、おたまはおもった。

恩人の鶴瀬は、物狂いに殺められたのだ。

「ひょっとして、鶴瀬伊織の縁者か。それなら、責め甲斐もあるというものだ。鶴瀬には、いささか恨みがあってな。土岐屋敷の長沼道場へ出稽古に行った折、一度も立ちあってもらえず、わしはひたすら振棒を振らされた。『才のない者は鍛錬棒を振りつづけよ』と、あやつは偉そうに命じ、門弟たちの面前でわしを笑いものにしたのだ。今にしておもえば、あれからよ。わしは剣を捨て、短筒を持とうと考えた。そこへ、ちょうどよい二連発の贈り物が届けられた。携えてきたのは笹子屋だ。絹商人とは名ばかりの阿漕なやつでな、すぐさま意気投合し、清水家の莫迦な重臣どもを使ってひと儲けしようと企《たくら》んだのだ」

御用金を米相場に投じ、そこで得た儲けを山分けにする。

おたまは、悪事の筋書きを頭に描いた。

意外なのは、清水家の重臣たちの扱いだ。

「なるほど、危うい橋を渡ることにはなる。されど、上手くやれば何万両もの金を手にできるのがわかった。みすみす好機を逃すことはない。わしは笹子屋の誘いに乗った。大金を手にすれば、誰もが平伏す。権力は恣《ほしいまま》だ。身分の高い者も土下座をして、金を借りたいと頼んでこよう。わしには、それがわかっていた。わしに踏みだしたら歯止めは利かぬ。たとい、地獄が待っていたとしても、行きつくところまで行こうと決めたのさ」

冬木は滔々《とうとう》と悪事に手を染めた経緯を喋りつづけたが、何かに憑依《ひょうい》されているようにしかみえなかった。

「くふふ、わしの夢はな、儲けた大金を使って天下を動かすことだ。できぬとおもうであろう。それがな、存外に容易《たやす》くできるのよ。ただし、鶴瀬のごとき邪魔さえはいらねばな。あやつ、何の因果か、わしの描いた夢を潰そうとした。それゆえ、死んでもらったのだ。幕臣きっての剣客が、刀も使えずに死んだ。ふほっ、痛快であったわ」

おたまは、ぎゅっと奥歯を噛みしめる。

怒りが指の痛みをも忘れさせた。何としてでも生きのび、仇討ちの機会を窺わねばなるまい。

「夢の妨げになる輩は容赦せぬ。清水家の重臣どももそうじゃ。欲に駆られて墓穴を掘りおったわ。そんなやつらに用はない。ああした連中の代わりなら、いくらでもおるからな」

冬木なる男はひとしきり笑い、沈鬱《ちんうつ》な顔でうつむいたかとおもうと、白目を剝《む》きながら何事かを祈りはじめた。

恐ろしく不安定な精神の持ち主にちがいない。

鶴瀬がこんな男の生け贄《いにえ》になったのかとおもうと、情けなくなってくる。

鼻の欠けた男が、業を煮やしたように問うた。

「冬木さま、こやつ、いかがいたしましょう」

「殺ろうとおもえば、いつでもできる。猿轡でも嚙ませておけ」

「は」

冬木は去り、おたまは猿轡を嚙まされた。

鼻の欠けた男も扉の向こうに消えたが、開いた扉の隙間から何かが拋《ほう》られてきた。

——どさっ。

眼前に落ちたのは、山狗の頭だ。

赤い目で、じっとこちらを睨んでいる。

「ぬぐっ……ぐぐ」

悲鳴をあげようにも、声を出すことができない。

石壁に頭を打ちつけ、おたまは気を失ってしまった。

十二

十一日、朝。

蔵人介のもとへ、義弟の市之進から禍々《まがまが》しい一報がもたらされた。清水家家老の鎮目主膳と勘定奉行の菱山広之進が、揃って変死を遂げたというのだ。

市之進は鳥居耀蔵の命を受け、密かに御用金横領の真偽を調べようとしていた。その矢先であったという。

「じつは、小者に清水屋敷を張りこませておりました」

昨夜、鎮目と菱山のふたりは権門《けんもん》駕籠を仕立て、お忍びで日本橋浮世小路の料理屋へ向かった。密談なら清水家の屋敷内でもできそうなものだが、料理屋の小部屋には三人目の列席者があったという。侍のようであったが、あとで聞いても見世の者は誰ひとり素姓を知らず、不思議なことに顔をおぼえている者もいなかった。

三人目の客は早々に消え、女将が玄関口まで送りだしたのは、鎮目と菱山のふたりだけだった。帰路は権門駕籠が二挺縦に並び、供人は鎮目のほうに三人、菱山にはふたり従《つ》いていた。

「一行が清水御門を指呼《しこ》の間《かん》においたときは、子《ね》ノ刻に近かったそうです」

尾行していた小者は、駕籠が上屋敷の門前に近づいたところで踵を返した。

翌早朝の張りこみに備え、少しでも睡眠をとっておこうとおもったらしい。

襲撃はその直後に起こった。

「小者は筒音を耳にいたしました」

急いで戻ると、清水屋敷の門前は蜂の巣を突《つつ》いたような騒ぎになっていた。

「あたりは血の海で、駕籠を守る供人も駕籠かきも、ひとり残らず殺められておりました」

襲った者たちの影は消えていた。供人らは刀で斬られていたが、駕籠に乗った重臣ふたりは鉛弾で頭を吹きとばされていたという。

「あきらかな待ちぶせにござる」

密談に列席した三人目の男が怪しいと、蔵人介は睨んだ。

素姓を探る手懸かりとなる人物は、ひとりしかいない。

笹子屋だ。

笹子屋は神田《かんだ》三河町《みかわちよう》に店を構えている。

蔵人介は串部と吾助に命じ、交替で笹子屋小兵衛を見張らせていた。

市之進と入れかわりに串部が自邸へ駆けこんできたのは、辰《たつ》ノ五つ（午前八時）過ぎのことだ。

「笹子屋が動きました」

縁起物の大熊手を求め、下谷の鷲《おおとり》神社へ向かったという。

今日は一の酉《とり》なので、商売人ならばかならず鷲神社へ足を向ける。

おそらく、両国から屋台船でも仕立て、大川を悠々と遡《さかのぼ》るにちがいない。

「よし、隙をみて拐《かどわ》かしてやろう」

一行の足取りは吾助が追っているので、見失う心配はなかろう。

蔵人介と串部も、両国からは猪牙舟を仕立てて水面を漕ぎすすんだ。

先日は『花扇』という橋の馴染みにしている小料理屋に呼ばれ、今戸橋から向こうへは一歩も踏みこめなかった。

だが、今日はちがう。

鷲神社は吉原遊廓のすぐそばにあった。

霜月の酉の日だけは大門が善人の老若男女に開放され、仲《なか》の町《ちよう》が参道代わりの通り道になる。

「今度は素通りか。蛇の生殺しだな、こりゃ」

愚痴をこぼす串部を尻目に、蔵人介は「三人目の男」が清水家の重臣たちを葬ったのは何故か、さまざまに考えをめぐらしていた。

「口封じか」

勘定奉行の遠山や目付筋が清水屋敷に探りを入れているのを察知し、自分のもとへ手が及ぶまえに蜥蜴《とかげ》の尻尾《しっぽ》切りをやったにちがいない。

「幕臣かもしれぬ」

しかも、目付筋の動静まで知ることができる者となれば、役目はかぎられてくる。

いずれにしろ、権力の中枢に近いところで蠢《うごめ》く輩にちがいない。

「鶴瀬さまを撃ったのは、清水家の重臣に雇われた刺客かとおもっておりましたが、どうも的外れだったようでござる」

「ふむ」

「清水屋敷に潜りこんだ女間者が哀れにござりますな」

串部が嘆くとおり、おたまは消息を絶ってしまった。

鶴瀬の仇を討つこともできぬまま、消されてしまったのかもしれぬと、遠山もなかばあきらめている様子だった。

「まだ、死んだときまったわけではない」

蔵人介は、みずからを鼓舞するように吐きすてる。

曇天のもと、鉛色の川面に水脈《みお》を曳《ひ》く猪牙舟は今戸の桟橋に着いた。

「雪が降りそうですな」

串部は陸にあがり、ぶるっと身を震わせる。

ふたりは日本堤をたどり、見返り柳の植わった角から大門へ向かった。

さらに、大門を潜って華やかな仲の町を素通りし、裏手から出て田圃《たんぼ》道をたどりはじめる。

今日ばかりは、畦《あぜ》にも人が溢《あふ》れていた。

正面に聳《そび》える鳥居は大きな口を開け、人の波を吸いこんでいる。

「あれだけの人でござります。笹子屋をみつけるのは骨ですな」

「吾助がおる。骨ではあるまい」

鳥居を潜ってからも、参道は人、人、人であった。

熊手を持った連中と擦れちがうたびに、景気の良い声を掛けてやらねばならない。

袖頭巾の娘が持っているのは、土産の芋頭《いもがしら》であろう。切り山椒《ざんしょう》を携えた女房もいれば、おかめの面を斜めにかぶって闊歩《かっぽ》する洟《はな》垂れもいる。拝殿のある高台から振りかえってみれば、天水桶《てんすいおけ》と火叩き棒を戴いた吉原遊廓の屋根が連なってみえた。

「温かい蕎麦でも食いとうござる」

と、串部は詮無《せんな》いことを言う。

蔵人介は目を皿にし、笹子屋の一行を捜した。

と、そのとき。

参道脇から白髪の爺が小走りに駆けてきた。

吾助だ。

「お殿さま、お待ちしておりましたぞ」

「おう、吾助か」

「連中はほら、あそこで熊手を求めてござる」

軒を並べた床店のほうに目を向けると、笹子屋が用心棒どもに囲まれながら大きな熊手を求めていた。

吾助が困ったような顔をする。

志乃に言いつけられた菜園の世話があるので、早々に帰らねばならぬという。

「それは、すまなんだな。ようやってくれた」

「されば、お殿さま、ご武運を」

頼りになる助っ人爺は、風のように去っていく。

串部がさも嬉しそうに、はなしかけてきた。

「ご武運をと、吾助は言いましたぞ」

「よし、おもいきった手に出るか。飛不動《とびふどう》で落ちあおう。おぬしは用心棒たちを引きつけてくれ」

「お任せを」

串部は勇んで駆けだし、笹子屋の一行に迫った。

そして、手代が抱えた大きな熊手を横から掻《か》っ攫《さら》う。

「へへ、いただき」

尻をからげて逃げだすと、参道の前方に群れていた人垣が左右に割れ、手代や用心棒たちが必死の形相で追いかけはじめた。

ひとり残された笹子屋は、事の成りゆきを不安げにみつめている。

その背後へ、蔵人介はそっと近づいた。

「おい、笹子屋。清水家の重臣どもは仲良くあの世へ逝ったぞ」

「ひぇっ」

振りむいた金柑《きんか》頭の商人は、棒を呑んだような顔になる。

「……あ、あなたさまは、いったい」

「四の五の言わず、従いてこい」

発したそばから、蔵人介は鳩尾《みぞおち》に当て身を食わす。

「うっ」

昏倒《こんとう》した笹子屋をひょいと肩に担ぎ、人混みのなかへ紛れこんだ。

拝殿の裏手へまわり、社領の外へ出て畦道を北西に進む。

飛不動へ行きつく手前に、百姓家の納屋があった。

笹子屋を納屋へ連れこみ、いったん外へ出て、鷲神社のほうを遠望する。

しばらくすると、串部が息を切らしながら駆けてきた。

「殿、上手くまいてやりましたぞ」

「熊手はどうした」

「案山子《かかし》に持たせてやりました」

「ご苦労。ついでに、悪党を気づかせてやってくれ」

「は」

串部は納屋に踏みこみ、気絶した笹子屋を背後から抱きおこす。

くっと活《かつ》を入れてやると、金柑頭の商人は目を開けた。

「ひぇっ」

上から覗きこむ蔵人介に気づき、悲鳴をあげそうになる。

咄嗟に掌で口をふさぎ、耳許に囁いてやった。

「騒げば、命はないぞ。誰の指図かわかっておろう」

「……は、はい」

「言うてみろ」

「奥御右筆《ゆうひつ》の冬木さまにございます」

混乱のあまり、笹子屋はあっさり問いにこたえた。

「冬木数馬か」

大御所家斉の奥右筆を務める瓜実顔の男ならば、まったく知らないわけではない。見目の良さと冴えた頭を武器にして成りあがった中堅旗本の御曹司で、大御所のおぼえもめでたく、近頃は冬木を通さねば政事は進まぬという評判が本丸の御歴々からも聞こえてくるほどだった。

「笹子屋、冬木がそんなに恐ろしいか」

「……は、はい。あのお方はお怒りになると、何をしでかすかわかりませぬ。清水さまのご家老さまと勘定奉行さまを殺めたのも、きっと冬木さまにございましょう」

「なぜ、そうおもう」

「そろそろ潮時だと、つぶやいておられました」

「潮時のう」

横領して殖やした金を充分に貯めこんだにちがいない。

これ以上危ない橋を渡りつづけたら、身が危うくなる。

何をしでかすかわからぬ男にも、その程度の算段はできるらしい。

「冬木数馬を成敗してやると言ったら、おぬし、どういたす」

「えっ」

笹子屋は目を丸くさせ、顎をがくがく震わせた。

「……あ、あなたさまは、もしや」

「矢背蔵人介、それがわしの名だ」

「げっ……お、鬼役さまでござりますか」

「ほう、知っておるのか」

「……は、はい。府内屈指の遣い手であられると」

「冬木に聞いたのか」

「……い、いいえ。人見源八郎《ひとみげんぱちろう》さまに」

「人見とは、もしや、乳切木を使う刺客のことか」

「さようにござります」

見出したのは、笹子屋だという。

人見は甲賀《こうか》の山里に生まれ、忍の術を磨くべく、挙母《ころも》領内で難波《なんば》一流《いちりゅう》を修めた。そののち、はぐれ忍となり、甲州で山賊まがいの悪事をはたらいていたとき、笹子屋と出遭って手懐《てなず》けられ、今は冬木のもとで汚れ仕事をやっているという。金さえ積めば、人殺しをも厭《いと》わぬ悪人にほかならない。

「おぬしは冬木数馬と、どうやって知りあったのだ」

「勘定奉行の菱山さまに、ご紹介いただきました」

菱山は家老の鎮目に命じられ、以前から御用金の横領に携わっていた。あるとき、米相場に投じて殖やすことをおもいつき、笹子屋に相談を持ちかけてきたのだという。

金子《きんす》を預かって何度か儲けを出してやると、菱山たちは調子に乗って、より大きな額を米相場に投じるように命じてきた。次第に清水家のお墨付きさえあれば、金子がなくとも相場を張ることができるようになったが、さすがに数万両もの額を動かすのは、清水家のお墨付きだけでは難しかった。

そこにあらわれたのが、冬木数馬であったという。

奥右筆という立場を利用すれば、みずからの一存で大御所の威光とすることができる。妙手《みょうしゅ》があると言い、三つ葉葵の家紋が透かしにされた奉書紙を盗んできた。

その奉書紙をお墨付きに使ってみたところ、徳川家の威光で大金を投じることが許されるようになった。

四人の腐れ縁は、二年近くにおよんだ。数十万両もの御用金が米相場に投じられ、投じた額の何倍もの利益があがった。利益を三人の悪党が応分に分け、笹子屋はおこぼれを頂戴していたのだという。

「それが悪事の大筋か」

鶴瀬伊織の訴状をきっかけにして、公儀の目付筋は清水家の重臣たちによる大罪に目を向けた。ところが、家紋入りの奉書紙をみつけた途端、大御所家斉の関与を疑い、この件に深入りすることを止めたのだ。

しかし、笹子屋の語った内容を信じれば、どうやら、大御所の与りしらぬところで悪事がおこなわれていたようだった。

おもわず、安堵の溜息を漏らす。

蔵人介とて、幕府の威光を傷つけたくはない。

笹子屋は観念し、もうひとつ重要なことを吐いた。

「お仲間ではないかとおもいましてな」

清水屋敷に忍びこんだおたまの安否を知っているというのだ。

蔵人介と串部は、膝を乗りだした。

「女間者は生きております。手前の命を助けていただけると仰るなら、居所をお教えいたしましょう」

逸《はや》る気持ちを抑えかね、蔵人介はおたまが連れこまれたさきを糺《ただ》した。

それがあまりに近いところだったので、飛不動尊に感謝したくなった。

十三

空は黒雲に覆われ、あたりは夕暮れのようだ。

三人は飛不動の脇道を通って真北へ向かい、小舟で山谷堀を渡った。

見渡すかぎりの田圃だ。右手に進めば仕置場の小塚原《こづかっぱら》へ、左手に進めば身寄りのない遊女の屍骸を葬る浄閑寺《じょうかんじ》へたどりつく。

小塚原と浄閑寺のまんなかに、火葬場があった。

「こんなところにおるのか」

人気はなく、真っ黒な銀杏《いちょう》の巨木が聳えており、近づいてみると、百羽を超える鳥が一斉に飛びあがる。

「ふええ、辛気《しんき》臭えところだぜ」

唾を吐く串部の腰には、武骨な拵《こしら》えの同田貫《どうたぬき》が差してあった。

一方、先頭を行く蔵人介の腰には、柄の長い刀が差してある。

来国次《らいくにつぐ》。

電光石火のごとく抜けば、鍔元で反りかえった猪首《いくび》の本身があらわれる。茎《なかご》を鑽《き》り、二尺五寸に磨《す》りあげてあった。艶やかな丁字《ちょうじ》の刃文が梨子地《なしじ》に浮かぶ風貌は、みるものをうっとりさせる。

無論、国次は人を斬る道具以外のなにものでもない。

火葬場に一歩踏みこんだときから、蔵人介の耳には死者たちの慟哭《どうこく》が聞こえていた。

ぽつぽつと、冷たい雨が落ちてくる。

三人は歩を速め、さらに奥へと踏みこんだ。

二股の木まで近づき、蔵人介は足を止める。

薄暗がりのなかに、篝火《かがりび》が赤々と燃えていた。

石積みの腰壁に丸木を重ねた粗末な小屋がある。

小汚い風体の浪人がふたり、篝火に手を翳していた。

「あそこか」

串部が声を押し殺す。

蔵人介がうなずくと、串部は脱兎《だっと》のごとく駆けだした。

「うおっ、なにやつ」

見張りの浪人どもが気づき、叫ぶと同時に抜刀する。

串部はすでに、同田貫を抜いていた。

擦れちがいざま、深々と身を沈める。

――ひゅん。

白刃が閃いた。

草を刈るほど低い位置だ。

炎が揺らめき、ひとり目の浪人が臑を飛ばされた。

「ぎぇっ」

「うぬ」

ふたり目は踏みとどまり、土を蹴りあげる。

が、跳ねた途端、股間を串刺しにされた。

一瞬の出来事だ。

「走れ」

蔵人介に煽《あお》られ、笹子屋が必死に駆けだした。

串部は丸木の扉を蹴りつけ、なかへ躍りこむ。

「うっ」

硝煙の臭いがした。

「罠だ」

串部が叫んだ。

——どおん。

大音響とともに、小屋が粉微塵《こなみじん》に吹っ飛ぶ。

蔵人介は、笹子屋を地べたに押したおした。

凄まじい爆風が、頭上を吹きぬけていく。

「串部、串部」

叫んでも、返事はない。

背後に立つ二股の木陰から、のっそり人影があらわれた。

肩の肉が瘤のように盛りあがっている。

鼻の欠けた醜い顔の男だ。

「あっ、人見さま」

笹子屋は跳ね起き、一目散に駆けだした。

蔵人介も身を起こし、ゆっくり歩きだす。

人見も歩を進め、十間《けん》の間合いで足を止めた。

「鬼役め、待ちくたびれたぞ」

「わかっておったのか」

「予感がしたのさ。そこの阿呆が連れてくるとな」

顎をしゃくられた笹子屋は曖昧に笑い、人見のもとへ擦りよる。

「止まれ」

「ひぇっ」

棒立ちになった笹子屋には目もくれず、人見はつづけた。

「冬木さまは去られた。土産を置いてな。ふふ、これよ」

人見は背帯に手をまわし、二連発の短筒を引きぬく。

「幕臣随一の遣い手とやりあう気はない。あっさり死んでもらう。石和の代官のようにな」

「ひゃはは、さすがは人見さま。早う鬼役めを片づけてくだされ」

はしゃぐ笹子屋を、人見が睨みつけた。

「笹子屋、おぬしは裏切り者だ」

「えっ」

「裏切り者は死なねばならぬ」

「……お、お待ちを。手前はまだ役に立ちますぞ」

「なるほど、おぬしは金の卵を産む鶏であったな」

「いかにも、さようにござります。これからも、かならずや、おふたりのお役に立ちましょう」

「ふうむ。一度裏切ったやつのことばは、どうも信用できぬ」

「そんな」

人見は筒口をかたむけ、無造作に引鉄を絞った。

——ぱん。

鮮血が散る。

笹子屋の頭が吹っ飛んだ。

倒れた屍骸《むくろ》をみつめ、蔵人介は身構える。

人見は大股で踏みだし、間合いを詰めてきた。

「あと一発ある。この間合いなら、外すことはあるまい」
「どうかな」
人見は立ちどまり、右手をゆっくり持ちあげた。
ぴたりと止まった筒口は、蔵人介の眉間に向けられている。
引鉄《ひきがね》に人差し指が掛かった。
そのとき。
――びゅん。
二股の木のほうから、礫《つぶて》が飛んできた。
人見の後ろ頭に命中する。
――ぱん。
硝煙が立ちのぼり、鉛弾が蔵人介の鬢を掠めた。
礫のせいで、手許が狂ったのだ。
「くそっ」
人見は頭から血を流しつつも、乳切木を取りだす。
振りぬいた樫《かし》棒の先端から、鉄鎖が繰りだされた。
蔵人介はすでに、撃尺《げきしやく》の間合いを踏みこえている。

抜刀した国次の本身に、鎖分銅《くさりふんどう》が絡みついた。

「莫迦め」

得たりと笑う人見の顔が、一瞬にして凍りつく。

蔵人介の握る柄の目釘《めくぎ》が弾け、八寸の仕込み刃が飛びだしていた。

――ひゅん。

白刃一閃、人見の喉笛がぱっくりひらく。

蔵人介は小脇を擦りぬけ、返り血を避けた。

皺顔が二股の木陰から覗いている。

吾助だった。

「嫌な予感が当たりましたな」

「すまぬ。たすかったぞ」

「急いでこちらへ」

木陰へまわりこむと、傷ついた女が膝を抱えていた。

「おたまか」

名を呼ぶと、力無く笑う。

「木に縛られておりました」

と、吾助が代わりにこたえた。

「だいじないか」

蔵人介の問いに、おたまはしっかりうなずく。

右手の指がどす黒く脹《ふく》らみ、小刻みに震えていた。

吾助が額に手を翳し、小屋のあったほうをみつめる。

「串部どのは、平気でござろうか」

「ん、そうであった」

急いで踵を返すと、瓦礫《がれき》の山になっていた。

「串部、串部はおらぬか」

蔵人介は必死の形相で叫ぶ。

すると、瓦礫の一角が崩れた。

――がらがら。

濛々《もうもう》と舞う粉塵《ふんじん》の向こうに、人影がのっそり立ちあがる。

「くそったれめ」

串部だった。生きている。

髪は縮れ、顔は煤《すす》で真っ黒だ。

着物はぼろぼろになり、露出した肌には瓦礫の破片が刺さっていた。

蔵人介は、ほっと胸を撫でおろす。

「生きておったか、串部」

「死んでたまりますか。畜生め、右耳がよく聞こえぬ」

鼓膜が破れたのであろうか。

だが、致命傷は負っていない。

吾助もやってきて、無事を喜んだ。

おたまは人見の屍骸に近づき、短筒を拾いあげる。

蔵人介たちは振りかえり、短筒を提《さ》げたおたまをみつめた。

「あとひとり、残っておりますな」

串部が不敵な笑みを浮かべてみせた。

十四

四日後。

霜月十五日、曇天。

馬の吐く息が白い。

江戸城の北西に広がる吹上《ふきあげ》では、南部馬《なんぶうま》の上覧がおこなわれていた。

紅葉は落ち、枯れ木がめだつものの、枯れた風情もおもむきがある。

それに、全国津々浦々から集められた松の木が青々と池畔を彩っている。

吹上は歴代の将軍たちによって手をくわえられてきたが、家斉の代になって大掛かりな普請をおこなった。たとえば、長い懸樋《かけひ》を通し、玉川《たまがわ》上水から豊富な水を送りこむ仕組みを設けることで、園池に見事な滝ができた。諏訪《すわ》、田舎、並木などと名付けられた茶屋も増設され、梅園が整備され、薬草園はいっそう充実した。十三万坪を誇る吹上全体を眺めわたせば、随所に茶屋が配され、茶屋の周辺にはかならず水の流れがある。

南部は言わずと知れた名馬の産地だ。

恒例となった献上馬のお披露目には、公方家慶と大御所家斉が揃って顔をみせた。供の数も多い。老中以下、肩衣《かたぎぬ》に半袴《はんばかま》の重臣たちが列席し、馬を献上する南部家からは殿様をはじめ重臣たちが緊張の面持ちで控えている。

無論、警護の者たちも大勢集められ、吹上奉行の指図で忙《せわ》しなく動いていた。

吹上奉行がもっとも気をつかわねばならぬのは、公方と大御所の席次である。

献上馬の上覧は南東の出入口にほど近い花壇馬場にて催されたが、上覧席は一段高くして御簾《みす》で区切り、向かって右に公方家慶、左に大御所家斉と横並びに配されており、わずかの差もないように配慮されていた。

家斉はあいかわらず海馬《とど》のように肥えており、家慶は顎が異様に長い。

父子はお披露目の栄誉に与った馬を注視し、たがいの目を合わせることもなければ、口を利こうともしなかった。

惚《ほう》けた顔をしているが、ふたりは水面下で熾烈《しれつ》な権力争いを繰りひろげている。

誰もがそのことを知っているので、仲を取りもとうとする重臣もいない。

上覧席の周辺は、ぴりぴりとした空気に包まれていた。

列席者の多くは、寒さと緊張で拳の震えを抑えきれない。

各々の重臣や近習《きんじゅ》たちも、右手と左手にきれいに分かれている。身分役職や人数も同等にしなければならず、調整役を命じられた吹上奉行の苦労たるや並々ならぬものがあった。

家慶側の席には、橘右近や遠山景元のすがたもある。

老中の水野忠邦や目付の鳥居耀蔵も、しかつめらしく控えている。

鬼役の蔵人介は末席に座り、背後に刺すような眼差しを感じていた。

大御所の側からだ。

睨んでいる者の正体は、奥右筆の冬木数馬にほかならない。

纏う肩衣は銀鼠地《ぎんねずじ》に業平菱《なりひらびし》だ。渋みのなかに気品を感じさせる扮装《いでたち》は、家斉好みの近習たちに共通するものだった。

冬木とは今朝ほど、城内ではじめて会話を交わした。

「矢背蔵人介」

と、ひとまわり以上も年下の奥右筆から呼び捨てにされたのだ。

冬木は周囲に人気がないのを確かめ、つっと身を寄せてきた。そして「おぬしが人見を殺ったのか。されば、報いを受けてもらわねばな」と囁き、気味の悪い笑みを漏らした。さらには「大御所さまのご意向を使えば、虫螻《むしけら》一匹の処遇なぞどうにでもなる」と豪語した。

「それとも、毒を盛るか。ふふ、鬼役ならば、それがいちばん手っ取り早い死なせ方かもしれぬ」

蔵人介は、悠揚と応じてやった。

「残念ながら、毒を盛る暇はあるまい。今日、おぬしは地獄へ堕《お》ちるのだからな」

「ほほう、できるかな」

冬木は袖口を開き、黒いかたまりをみせた。

「火薬玉だ。おぬしが妙な動きをしたら、躊躇《ちゅうちょ》なく大御所さまを道連れにする。ふふ、どうだ。わしには一歩も近づけまい」

「所詮、猿の浅智恵。悪党には天罰が下される」

「何だと」

「せいぜい、脅えておれ」

鶴瀬伊織の無念をおもうと、胸が張りさけそうになる。

もう一度、いや、何度も立ちあいたかった。

だが、悲しいはなしばかりではない。手鎖に処せられた鶴瀬の実弟は許され、公事宿は存続できるはこびになった。娘の糸は親しい身寄りもないので叔父の養女となり、公事宿を手伝うのだという。

一方、九死に一生を得たおたまは間者を辞し、当面は今戸の『花扇』で世話になる。どうしたわけか、遠山が橋に頭を下げ、指の傷が癒えたら置屋で三味線を指南する条件ではなしをまとめたらしい。

どういった経緯で橋と遠山が気心を通じあったのかは、問うてもいないし、聞かされてもいない。いずれにしろ、おたまがふたりのあいだを取りもつ架け橋になってくれることを期待した。

吹上に集った重臣たちのなかで、橋と遠山だけは今日の仕置きを知っている。ただし、蔵人介が失敗《しくじ》れば、知らぬ顔を決めこむであろう。それでよい。ふたりに頼まれたわけでも、命じられたわけでもない。みずからの意志で、生かしてはおけぬ悪党に引導を渡すのだ。

献上馬のお披露目が終わったのは、正午に近い時刻だった。

ひきつづいて、吹上では番方による騎射の上覧が催される。

大番組《おおばんぐみ》などに属する二十五人の弓自慢が、馬上から的を射るのである。日頃の鍛錬をお披露目する雄壮な催しであり、欠かすことのできない神事にほかならなかった。

長大な騎射馬場は、吹上中央の広芝《ひろしば》に設けてある。

上覧席の背後には池があり、畔には松が植わっていた。京の天橋立《あまのはしだて》や北野《きたの》神社、播磨の須磨《すま》、大坂の今宮《いまみや》社、紀伊の和歌浦《わかのうら》などの名所から集められた松だ。池のそばには、大御所お気に入りの紅葉《もみじ》茶屋もみえる。

移動の道筋では、何と、けんちん汁がふるまわれ、列席した面々は冷えきったからだを温めることができた。

家斉と家慶は、御簾の向こうで腹を満たす。

その際には蔵人介も呼ばれ、隣部屋でけんちん汁の毒味をおこなった。

広芝の遥か奥には、騎馬武者たちが集っている。

上覧席の後ろとなる南側に本丸があるので、騎射は北側に向いておこなわねばならない。したがって、人馬は上覧席から向かって左手から右手に駆けぬけるようになっていた。

家斉と家慶は肩を並べて座り、各々の重臣や近習たちも序列の順に着座する。

献上馬上覧の際とくらべて、きっちりと席は決められていない。左右に長々と延びた騎射馬場に沿って、三列か四列で広がっていた。

番方の騎射上覧は、第八代将軍吉宗《よしむね》によって「騎射挟物《きしやはさみもの》」と命名された。

伝統に培われた流鏑馬《やぶさめ》とのちがいはいくつかあり、たとえば、軽装の袴姿でおこなうものとされている。矢声《やごえ》と呼ぶ馬上での掛け声も異なっており、竹串に挟んだ的も少し小さい。

だが、二丁半におよぶ狭隘《きようあい》な道を人馬一体となってまっしぐらに奔《はし》り、両手を放して矢番《やつが》えをしながら一ノ的から三ノ的まで騎射するという流れは同じだ。

口上役はみなが着座したのを見定め、高らかに開始を宣言した。

土埃が舞いあがり、一番手が黒毛の馬を操ってくる。

——どどど、どどど。

地響きに腹を揺さぶられ、いやが上にも気分は昂揚《こうよう》してきた。

誰もが合戦場へおもむく荒武者のように、猛々《たけだけ》しい面持ちになる。

射手が迫ってきた。

「いんよう」

掛け声も高らかに、馬上で弓を引きしぼる。

——びん。

放たれた一ノ矢は、見事に的を射抜いた。

さらに、人馬は猛然と上覧席へ迫ってくる。

二ノ的までの間合いは五十間足らず、射手は右腰に付けた箙《えびら》に右手を伸ばし、下に向いた鏃《やじり》の根元を摑む。そして、矢を横に引きぬき、馬を疾駆させながら弓に矢を番えてみせた。

矢番えは素早く、流れるようにおこなわねばならない。

「いんよう、いんよう」

射手は独特の掛け声を張りあげ、敢然と矢を放った。

——びん。

二ノ的は斜めに割れ、切片が弾ける。

一片が一尺五寸の四角い杉板の的だ。板目を右上方へ向けてあるので、矢が当たった瞬間、右斜め上の切片がものの見事に飛ばされた。

ちょうど、家斉と家慶が並んで座る向こう正面だ。

二ノ的は並んだ父子のまんなかになるように、あらかじめ設定されていた。

的を三つとも射抜けば、射手には大判が下賜される。

大判は一族の家宝となるだろうが、射手たちが手に入れたいのは名誉にほかならなかった。

馬蹄が響き、土埃が舞いあがる。

「やあおう」

最後の矢声とともに、見事に三ノ的が射抜かれた。

「天晴《あっぱ》れじゃ」

家斉が開いた扇子をぱっと掲げ、先を越された家慶はつまらなそうに手を叩く。

黒子の役目を課された小者たちが手際よく、竹串に挟んだ的を取りかえた。

馬場を箒《ほうき》で掃く者もおり、すべて用意が整うと馬場の奥へ合図が送られた。

土煙とともに、二番手の人馬が驀進《ばくしん》してくる。

「いんよう」

矢声が発せられた。

と同時に矢は放たれ、的が斜めに弾けとぶ。

三番手、四番手、五番手と、騎射はつづいていった。

さすがに選《よ》りすぐりの番士たちだけあって、的を外す者はひとりもいない。

見物人たちはときの経過も忘れ、騎乗射手の妙技を食い入るようにみつめた。

大御所家斉は太鼓腹を揺らして喜び、将軍家慶は冷静なふりを装って声援を送っている。

将軍のそばに侍《はべ》る水野忠邦や橘右近も、馬場に目を釘付けにされていた。

平常は沈着さが売りの冬木数馬でさえも、雄壮な騎射に魅入られている。

奥右筆は職禄でいえば二百俵と低いので、三ノ的寄りの最後列に座っていた。

一方、二ノ的寄りの最後列に座っているはずの蔵人介は、いつのまにか、すがたを消している。

誰もが馬場を注視しているので、気づいた者は周囲にいない。

前列に陣取る橘と遠山だけが、後ろをそれとなく気にしていた。

そして、いよいよ、騎射は最高潮を迎えた。
ひとりも失敗《しくじ》ることなく、最後の的が立てられたのだ。
大とりを飾る二十五番手の番士は、幕臣きっての名手であった。
「はっ」
鐙《あぶみ》を蹴り、栗毛の駿馬《しゅんめ》を駆る。
粉塵が巻きあがった。
――どどど、どどどど。
馬は首を振り、脇目も振らずに突進してくる。
射手は弓に矢を番え、弓を引きしぼった。
「いんよう」
矢が放たれる。
一ノ的が弾けとんだ。
海内一の弓取りが外すわけもない。
――どどど。
さらに、人馬が迫ってきた。
光沢のある毛並みまでみえる。

隆々とした四肢は躍動し、眸子《まなこ》は燃えていた。
射手は箙から矢を引きぬき、弓に番えようとする。
「いんよう、いんよう」
力強い矢声が響き、弓が引きしぼられた。
——びん。
つぎの瞬間、二ノ的が斜めに弾けとぶ。
「天晴れじゃ」
大御所は立ちあがり、つられて家慶も立ちあがる。
人馬は速度を弛《ゆる》めず、尻をみせて驀進していく。
そして、射手は三ノ的も見事に射抜いてみせた。
上覧席は総立ちになり、割れんばかりの拍手が沸きおこる。
嵐のような歓呼のなか、ひとりだけ席に座っている者があった。
冬木数馬だ。
矢が盆《ぼん》の窪《くぼ》に深々と刺さり、鏃が喉仏から突きだしている。
即死であった。
後ろに聳える松の木陰には、弓が立てかけてある。

大とりの射手が二ノ的を射抜いたとき、木陰からも別の矢が放たれていた。

興奮の醒《さ》めやらぬ上覧席にあって、誰ひとり奥右筆の死に気づいた者はない。

家斉と家慶はともに馬場を離れ、重臣たちもぞろぞろ歩きはじめていた。

ようやく、小姓のひとりが異変に気づいた。

「うわっ、どなたか死んでおられます」

と同時に、小姓組をまとめる橘が声を張りあげた。

「囲め。囲むのだ。事を荒立てるでない」

命じられた小姓たちは水際だった動きをみせ、屍骸の周囲を人垣で隠す。

「布を持て。布で覆うのじゃ」

目付の鳥居も戻ってきたが、橘は頑《がん》として譲らない。

「これは近習の領分じゃ。目付はすっこんでおれ」

遥か前方を行く家斉と家慶は、振りむきもしなかった。

老中をはじめとした重臣たちも、踵を返す様子はない。

布にくるまれた奥右筆の屍骸は戸板に載せられ、北門のほうへ運ばれていった。

憲法黒《けんぽうぐろ》の肩衣を纏った蔵人介は、少し離れたところから一部始終を眺めている。

かたわらに音もなく近づいてきたのは、洒落《しゃれ》た滅紫《けしむらさき》地に紗綾形《さやがた》の肩衣を纏った遠山景元であった。

「ようやってくれた。鶴瀬もこれで、安堵して旅立つことができよう」

うつむく蔵人介の肩に、ひらひらと白いものが落ちてきた。

「初雪か」

遠山は淋しげにこぼし、振りむきもせずに遠ざかっていく。

騎射馬場は深い沈黙に包まれ、さきほどまでの喧噪《けんそう》が嘘のようだ。

悪党をひとり成敗したところで、鶴瀬の無念が晴れることはあるまい。

「口惜《くちお》しいな」

二度と刀を合わせられぬことが、口惜しくてたまらなかった。

眸子を閉じれば、雲歩で練り歩く剣客の勇姿が浮かんでくる。

蔵人介は掌《たなごころ》に息を吐きかけ、風花《かざばな》の舞うなかへ歩を進めていった。

紅屋の娘

一

柚子《ゆず》湯に浸かった冬至《とうじ》も過ぎて寒《かん》の入りとなり、江戸府内は白一色になりかわった。

好天に恵まれた朝は雪景色を堪能しようと、足許に気を配りながら日本橋へ繰りだす者も多い。

蔵人介も志乃や鐵太郎とともに、日本橋の辺りまでやってきた。

暮れが近づいてくると、父子揃って紋付きを新調する。採寸で室町《むろまち》の呉服屋を訪ねるのは年に何度もないことなので、仕方なく出向いてきたのだ。妻の幸恵は風邪をこじらせ、床に臥せっている。志乃は嫁から色柄の指定を任されたので、家を出たときから張りきっていた。

「まだお店《たな》は開いておりませぬゆえ、雪景色でも眺めにまいりましょう」

それが目途のひとつであるにもかかわらず、志乃は「ついで」を強調する。

日本橋を見物にくるのは、地方から訪れた旅人か出稼ぎにきた田舎者だとおもっているのだ。同郷同士で群れる傾向にあるせいか、出稼ぎ人は「椋鳥《むくどり》」などと揶揄される。

志乃は「群れる輩は好かん」と言いすて、遊山客が好んで集まる名所を避けた。

それでいて日本橋へやってくると、欄干中央の一等席を確保しようと躍起になる。

「まあ、無理もなかろう」

と、蔵人介は息子の鐵太郎に囁いた。

何しろ、ことばに尽くせぬほどの景観なのだ。

水を満々と湛《たた》えた川の正面には白く化粧された千代田城が聳え、紺碧《こんぺき》に澄みわたった空の彼方には白銀を戴いた霊峰富士をのぞむことができる。

「絶景かな、絶景かな」

剽軽《ひょうきん》に発声するのは、従者の串部である。

鐵太郎は志乃のかたわらに近づき、華奢《きゃしゃ》なからだを欄干から乗りだした。

橋を渡る人の往来は激しく、欄干寄りには鈴生《すずな》りの人垣が築かれている。侍もいれば町人もおり、棒手振《ぼてふ》りや暦売りなどのすがたも見受けられた。踏みかためられた雪道は滑りやすく、何人もの人が尻餅をついている。

「おっと、ごめんよ」

天秤棒を担いだ魚の行商が、後ろを擦りぬけた。

途端に足を滑らせ、売り物の魚をぶちまける。

わっとばかりに人が群がり、魚を拾いだした。

「ほら、拾ってやったんだから安くしなよ」

天神髷の嬶《かか》ぁが鰆《さわら》と鱚《きす》を両手に持ち、喧嘩腰で食ってかかる。

魚売りは仕方なく、拾ってくれたら半値にすると大声で宣言した。

通行人までが足を止め、魚を抱えて消えていく不心得者もいる。

ふと、鐵太郎をみると、大振りの鰤《ぶり》を左手にぶらさげていた。

「ほほ、わが孫よ、でかしたぞ」

志乃は手を叩かんばかりに喜んだ。

が、今からやらねばならぬことを失念している。

鰤をぶらさげたまま呉服屋へ踏みこみ、採寸させるわけにはいくまい。

魚売りが応対に追われていると、橋のまんなかで浪人が騒ぎはじめた。

「謝って済むとおもうのか。どうしてくれる」

商人の父娘が雪道に蹲り、必死に謝っている。

「……ご、ご勘弁を。このとおりにござります」

娘が滑って転んだ拍子に浪人の鞘を後ろから握り、大根でも引っこ抜く要領で鞘だけ抜いてしまったらしい。

赤い鞘が道に転がり、無精髭《ぶしょうひげ》を生やした浪人の帯には抜き身だけがある。

あまりの間抜けぶりに、指を差して笑う者まであった。

「謝って済むはなしではないぞ。大勢の面前で赤っ恥を掻かせおって」

「……ひ、平に、平にご容赦を」

必死に謝る商人は恰幅が良く、身に着けているものからして裕福であることは察せられる。島田髷にびらびら簪《かんざし》を挿した娘のほうも色鮮やかな晴れ着を纏っており、ぽってりした唇もとを震わせる仕種《しぐさ》が艶めいてみえた。

髭面の浪人には仲間がふたりいる。三人ともうらぶれており、最初からごねて金銭を強請《ゆす》る性根が透けてみえた。

「許すとおもうか」

髭面は抜き身を掲げ、切っ先を娘の額につける。

「その富士額、縦に裂いてくれようか」

「ひっ」

娘を守ろうと、父親は必死に命乞いをした。

野次馬たちは遠目に眺め、誰も口を挟まない。

刀を手にした以上、逆らえば斬られる恐れがあった。

空気が張りつめるなか、つっと踏みだした者がいる。

志乃だ。

「おやめなさい」

厳しい口調で髭面を叱りつけ、さらに踏みこんで父娘を背に庇《かば》った。

「糞婆《くそばばあ》め、邪魔をいたすでない」

「目上の者を愚弄《ぐろう》する気か。容赦せぬぞ」

「ぬへへ、どう容赦せぬと申すのだ」

髭面はへらへら笑いながら、刀の切っ先を志乃の眉間に向ける。

後ろに控えた串部が踏みだしかけたので、蔵人介は制した。

ふたりで助勢すれば、はなしが大袈裟になってしまう。

志乃は髭面を睨み、平然と言ってのけた。

「刀を納めよ。今ならまだ間に合う」

「笑止な。婆が何をほざく。おぬしこそ退《ど》け。退かぬと、膾《なます》斬りにするぞ」

「ほう、やってみるがいい」

志乃はふんと鼻息を吐き、野次馬のなかに佇《たたず》む魚売りに声を掛けた。

「それを抛ってくださらぬか」

「えっ、天秤棒をですかい」

「早う」

「へい」

魚売りが抛った天秤棒を、志乃は右手でがっちり摑んだ。

摑むやいなや、腹の底から気合いを発する。

「きぇ……っ」

怯《ひる》んだ浪人どもにも、侍の糞意地はある。

「婆め、後悔するなよ」

髭面が刀を八相に持ちあげた。

「ぬりゃ……っ」

気合いを発し、袈裟懸けに斬りつけてくる。
志乃は易々《やすやす》と躱《かわ》し、腰をくるっと回転させた。
――ばちっ。
撓《しな》りかえった天秤棒が、相手の側頭に叩きこまれる。
刹那《せつな》、髭面は横倒しに倒れ、欄干のそばまで転がった。
一瞬、何が起こったのかわからず、浪人仲間も野次馬たちも静まりかえった。
つぎの瞬間、橋全体が嵐のような歓声に包まれる。
嬶ぁも棒手振りも「やれ、やっちまえ」と叫んでいた。
誰もが志乃の味方だ。
人垣の前面には、誇らしげな鐵太郎のすがたもある。
串部も応援の輪にくわわったが、蔵人介は気が気でない。
志乃の強さは熟知しているものの、万が一ということもある。
髭面はゆっくり起きあがり、こきっと首を鳴らした。
さきほどとは、あきらかに目つきがちがう。
痩身に殺気を纏い、ぺっと唾を吐きすてた。
「抜かったわ。武術の心得があろうとはな。おい、おぬしらも抜け」

煽《あお》られた仲間ふたりは、ずらりと本身を抜いた。

志乃は少しもたじろがず、蔵人介や串部に助っ人を頼もうともしない。

天秤棒を頭上で巧みに旋回させるや、野次馬のあいだからひときわ大きな歓声が騰《あ》がった。

調子に乗りすぎだなとおもい、蔵人介は眉をひそめる。

志乃は棒を刀のように持ちかえ、構えを上段から青眼に下げていった。

髭面は相青眼に構えて動かず、左右のふたりが前面に押しだしてくる。

「しぇっ」

右のひとりが飛びだし、中段から突きこんできた。

志乃は退かずに踏みこみ、相手の小手をびしっと叩くや、勢いを殺さずに天秤棒の先端を突きあげた。

「ぐひぇっ」

見事に顎を砕いている。

白目を剥いた浪人の背後から、もうひとりが斬りつけてきた。

「すりゃ……っ」

上段の一撃だ。

「うわっ」

声をあげたのは志乃ではなく、野次馬のほうだった。

前垂れの丁稚《でっち》小僧は目を瞑《つむ》り、嬶ぁは念仏を唱える。

志乃はひょいと肩口で躱し、天秤棒を水平に払った。

――びゅん。

先端が唸り、浪人の頬桁《ほおげた》をしたたかに叩く。

「ほげっ」

折れた歯が宙に飛んだ。

志乃は手加減せず、相手の脇腹に棒の先端を突きこむ。

「ぐふっ」

浪人は蹲《うずくま》り、苦しげに呻いた。

仲間たちが手もなくやられたのをみて、髭面は顔を深紅《しんく》に染めあげる。

「糞婆、死にさらせ」

鋭い踏みこみから、二段突きをこころみた。

と同時に、ずるっと足を滑らせる。

志乃は両足を開き、棒を大上段に振りかぶった。

「きぇ……っ」

気合一声、猛然と振りおろす。

――ばきっ。

強烈な面打ちがきまった。

天秤棒がまっぷたつに折れ、髭面は両膝を落とす。

そして、顔面を雪道に叩きつけた。

一瞬の沈黙のあと、やんやの喝采《かっさい》が沸きおこった。

志乃は堂々と胸を張り、折れた天秤棒を抛ってみせる。

「ふん、わたくしを膾斬りにするだと。百年早いわ」

立役《たちやく》のような痺れる台詞を吐くと、歓声はいっそう盛りあがった。

危ういところを救われた商人の父娘が、すかさず身を寄せてくる。

「ありがとうございました。何と御礼を申しあげてよいものやら」

父は志乃の両手を握らんばかりにして、涙ながらに礼を繰りかえす。

娘のほうはふっくらした頬を赤く染め、恥ずかしげにうつむいた。

その可憐すぎる横顔を、鐵太郎がじっとみつめている。

しかも、右手には鰤をぶらさげていた。

蔵人介が呆《あき》れ顔でたしなめる。

「そいつを、ずっと握っておったのか」

鐡太郎は指摘され、自分でも驚いたように鰤をみた。

やがて、野次馬たちは散り、志乃が鼻息も荒く戻ってきた。

「あの商人、江戸で三番目に大きな紅屋らしい」

「ほう、三番目ですか」

相槌《あいづち》を打つ蔵人介に向かって、志乃は困った顔をする。

「じつは、娘を預かってほしいと頼まれてな」

「えっ、どういうことでござりましょう」

紅屋はかねてより、娘を屋敷奉公にあげたいとおもっていたらしい。

「毒味役の家では嫁入りの箔《はく》にもならぬと断ったが、どうしてもと頼まれてな」

「お受けなされたのですか」

「詮方あるまい。持参金まで出すと申すのじゃ」

「持参金」

蔵人介は大仰に驚いてみせる。

婚礼でもあるまいに、屋敷奉公に持参金を出すなどというはなしは聞いたことがなかった。

「気立ての良さそうな可愛い娘ぞ」

「それとこれとは、はなしが別にござります」

「当主が嫌だと申すなら、断るしかあるまい」

「何も、断れとは申しておりませぬ」

蔵人介の煮えきらぬ態度に、志乃は焦《じ》れた。

「何なのじゃ、四の五の抜かしおって。ありがたい申し出を受けるのか受けぬのか、はっきりいたせ」

「奥向きのことは、幸恵にも相談せねばなりませぬ」

幸恵の名を出されてかちんときたのか、志乃は膨《ふく》れ面《つら》をする。

串部と鐵太郎は、興味津々の態《てい》で聞き耳を立てていた。

そこへ、天秤棒を折られた棒手振りがやってくる。

「奥方さま」

「何じゃ」

身構える志乃に、鯔背《いなせ》な魚売りは笑いかけた。

「いやあ、おかげさんですっきりいたしやした。のちほど、甘鯛《あまだい》の尾頭付きをお届けしやすんで、お住まいをお教え願いやせんか」

「ほっ、さようか」

途端に相好《そうごう》をくずす正直な養母の性分が、蔵人介は羨ましくて仕方なかった。

二

市ヶ谷御納戸町の界隈も白一色となり、家々の門口には雪達磨《だるま》や雪兎が並んでいる。

子どもたちは侍と町人の区別もなく雪まろばしや雪合戦をして遊び、子犬も嬉しそうに走りまわっていた。

紅屋の娘がやってきたのは、日本橋でのことがあってから三日後のことだ。

紅屋の屋号は『百八助《ひやくはちすけ》』と称し、江戸湾の河口に面した南築地《みなみつきじ》の明石町《あかしちよう》で商売をやっている。

紅屋と言えば浅草駒形堂《あさくさこまがたどう》前の『百助』と日本橋本町《ほんちよう》二丁目角の『玉屋』が有名だが、野心旺盛な主人の権右衛門《ごんえもん》は『百助』を抜きたい一念から、屋号を『百八助』にしたらしかった。百八は煩悩《ぼんのう》の数でもある。女たちが年齢を重ねても美しくなりたい煩悩を持ちつづけるようにと、屋号に強い願いを込めた。

そうした由来を蔵人介は聞くともなしに聞いていたが、病みあがりの幸恵に言わせると、明石町の『百八助』はけっこう人気のある紅屋らしい。

「築地の御門跡《ごもんぜき》からも、紅色の吹き流しがよくみえます。明石町には饅頭《まんじゅう》の『塩《しほ》瀬《せ》』もございますから、若い娘らは『塩瀬』で饅頭を買ってから『百八助』に立ちよるのを楽しみにしているのですよ」

「ふうん、そんなものか」

蔵人介が卵酒をつくってやった甲斐もあってか、幸恵は志乃が勝手に決めた女中奉公のはなしに文句をつけなかった。むしろ、よくぞ決めてくれたと歓迎している。

「もっとも、いつまで居てくれることか。何せ、おかいこぐるみで育った箱入り娘でしょうからね」

なるほど、そうかもしれぬと、蔵人介も合点した。

志乃は長つづきしないことを見越して、預かろうと決めたのかもしれない。

箱入り娘の名は、せんという。

父親の権右衛門によれば、屋号の「百」を超えるためにと名付けたらしかった。

母親を幼い頃に病気で亡くして以来、男手ひとつで育てられたが、つい先日、権右衛門は芸者あがりの若い後添えを家に入れた。継母となったおなごは二十代半ばで、町を歩いていると姉にしかみられないと、おせんは恥ずかしげにこぼした。

それなりに苦労もしているせいか、鐵太郎よりひとつ年上にしては、ずいぶん大人びてみえる。串部に「若殿、おせんは姉さん女房でござるな」とからかわれて以来、鐵太郎は串部と口をきかなくなった。

奉公初日、百八助権右衛門は干し鮑《あわび》や干し昆布などの高価な俵物《たわらもの》の折詰とともに、五十両もの持参金を携えてきた。

「ほんのかたちばかりにござります。手前は大奥さまのお心意気に感じ入りました。あまりに神々《こうごう》しく、大奥さまに観音菩薩のおすがたを重ねあわせたのでござります。娘のせんにもご利益のお目こぼしを賜りたく、あの場で即座にお世話になることを決めました。この持参金は勧進《かんじん》と同じにござります。どうか、お心おきなくお納めくだされますよう」

観音菩薩と言われて志乃は面食らったが、愛娘の行く末を案じる父親の気持ちが痛いほど察せられたので、とりあえずは娘とともに持参金も預かることにした。

「ただし、甘やかしたりはしませぬよ」

と、志乃は釘を刺す。

「お預かりした以上、せんどのは今日から我が家の娘も同然です。武家の娘は厳しく躾《しつ》けねばなりませぬ」

通いとはいうものの、商家の箱入り娘にとって、武家屋敷への奉公は過酷な修行以外の何ものでもない。どうせ、三日もすれば音をあげるにちがいないと、蔵人介は高《たか》をくくっていた。

ところが、三日経っても、おせんは音をあげるどころか、掃除、洗濯、飯炊きと、女中頭のおせきに教えられたことをそつなく楽しげにこなし、朗らかな性分を家の者たちからいとおしまれるようになった。

四日目からは幸恵の買い物に付きあい、志乃からは武家の作法を教わったり、茶の湯や琴の指南を受けたりしはじめた。おせんは何につけても呑みこみが早く、眸子を好奇に輝かせながら稽古事に励んだ。

「ほんに良い娘を預かった」

志乃のことばに蔵人介も幸恵もうなずいたが、鐵太郎だけは何やら落ちつかない様子だった。書見台《しょけん》に向かっても気が散り、庭で木刀を振っても腰が据わらない。家人の誰もが、素直すぎる鐵太郎の変化に気づいていた。

あっというまに七日が経ち、霜月も三の丑を迎えるにあたって、おせんは一日だけ休みを許された。巷間では寒中丑の日に買った紅をさすと「口中荒れたるによし」と信じられており、丑の日は紅屋の書きいれどきなので、実家の手伝いに駆りだされたのだ。

蔵人介は幸恵に一枚の引札をみせられた。

――百八助名物の寒中丑紅、使えばたちまちに唇は腫れあがり、死にいたることもあるとか。薬どころか、石見銀山を混ぜているとのよし。君子危うきに近寄らず。くわばら、くわばら

実際に使っている引札に似せて、店を貶《おとし》める内容が書かれている。

「誰がこんなにひどいことをいたすのか。腹立たしいことにござります」

引札を携えていたのはおせんで、泣きながら幸恵にみせたらしい。

志乃はこのことを知らず、茶会で今日は家を留守にしていた。

「何やら、案じられてなりませぬ」

「されば、ちと様子見にまいるか」

蔵人介は幸恵をともない、明石町の『百八助』へ足をはこんだ。

店は若い娘たちで賑わっており、偽引札のことなど忘れてしまうほどだ。

「どうやら、杞憂にござりましたね」

幸恵もほっと胸を撫でおろし、店先へ素見《ひや》かしに近づいていく。

表口には「うしべに」と大書された紙が貼られ、紅を買った客が貰える景品の撫《なで》牛《うし》がずらりと並んでいた。土でつくった撫牛は二寸ほどのもので、真鍮《しんちゅう》箔と黒漆塗りの二種類があり、縁起物として喜ばれている。

「さあ、どちらでもお好きなほうをお選びくださいまし」

娘たちは店頭に群がり、争うように紅を求めていった。

「猪口《ちょく》おひとつでございますか。おありがとうございます」

看板娘のおせんはみずから声を張り、甲斐甲斐しくはたらいている。

主人の権右衛門や手代たちも忙しそうにしているなか、粋筋の年増がひとりだけ帳場に座って帳面を捲《めく》っていた。

「あれが後添えか」

幸恵によれば、はまという名らしい。

いかにも男好きのする細面のおなごで、権右衛門が茶屋に通って骨抜きにされたのではないかと疑ってしまうほどだった。

口を挟むことではないが、娘のおせんが可哀相になってくる。

幸恵の背につづき、蔵人介は店先へ近づいた。

たまには、紅猪口のひとつも買ってやろうか。

と、おもった矢先、突如、娘の悲鳴が響いた。

「きゃああ」

別の娘の悲鳴もつづく。

客たちは蜘蛛《くも》の子を散らすように逃げ、ぽっかり開いた店先の一角に目を向ければ、黒羽織を纏った大年増が立っていた。

大年増の顔をみて、蔵人介はぎょっとする。

どす黒く変色した唇が、通常の三倍にも腫れあがっているのだ。

蔵人介は即座に、偽引札の文句を頭に浮かべた。

——使えばたちまちに唇は腫れあがり、死にいたることもあるとか
喋ることもままならぬ様子の女は、痩せた男に連れられている。

首の横に蛇の彫り物のある破落戸《ごろつき》風の男だ。

「みてみねえ。こいつはおいらの女房だ。百八助の紅をさしたら、こうなっちまった。いってえ、どうしてくれるんだ」

驚いた権右衛門が店を飛びだし、男の腕を取って脇道へ連れていこうとする。

破落戸風の男は権右衛門の手を乱暴に振りほどき、濁声《だみごえ》を一段と張りあげた。

「その手にゃ乗らねえぜ。金で済むはなしじゃねえ。こいつは店の信用に関わるはなしだ。なにせ、ひとひとりの命が懸かってんだからなあ」

どうみても、質《たち》の悪い嫌がらせだ。

それでも、手に取った紅猪口を戻す客が相次ぎ、若い娘たちは潮が引くように遠ざかっていく。

何とかしてほしいとでも言いたげに、幸恵がこちらをみた。

詮方あるまいと一歩踏みだすや、娘のおせんが凛然《りんぜん》と言いはなつ。

「どうか、ご笑覧くだされませ。百八助の丑紅が毒入りか否か、娘のわたくしめがお試し申しあげまする」

おせんは軒に梯子《はしご》を掛け、大道芸人よろしく、するする登りはじめた。

そして、袂から取りだした紅猪口を高々と掲げるや、左の薬指でさっとひと塗りしてみせたのである。

軒に風が吹きぬけた。

おせんの纏った花色模様の振袖が吹き流しのように流れ、当代一の絵師が描いた錦絵でも眺めている気分にさせられた。

立ちどまった娘たちは感嘆の溜息を漏らし、通りすがりの連中までもが足を止めた。

なかには、ほんとうに絵筆を動かす者もいる。

「明日の読売《よみうり》は、紅屋のおせんで決まりだな」

近所の旦那衆からは、そんな声も聞こえてくる。

すっかり旗色の悪くなった破落戸と女は、こそこそと逃げるように去った。

「あっぱれ、紅屋の箱入り娘」

見物人たちはどよめき、寒の紅は飛ぶように売れていく。

「よっ、紅差しおせん」

三座の芝居小屋と勘違いしているのか、大向こうから声まで掛かった。

旦那衆が噂しあったとおり、翌朝、おせんの艶姿《あですがた》は読売の紙面を飾った。

そればかりか、売れっ子絵師の歌川国貞《うたがわくにさだ》からの要請で、おせんを描いた首絵《くびえ》が『百八助』の引札に載ることとなった。さらに、錦絵の板木《はんぎ》にもされ、近々に絵草紙屋の店頭を飾るという。

「災い転じて福となす」

志乃はおせんの活躍を聞いてそう漏らしたが、寒風の吹きすさぶ明石町の空にはあいかわらず暗雲が垂れこめていた。

三

翌二十八日は快晴、親鸞《しんらん》上人の忌日である。

浄土真宗の門徒は「お講《こう》」と呼び、築地の御門跡では仏事が催される。

仏事の催される時季は「お講凪《な》ぎ」とも称し、好天に恵まれることが多い。

精進《しょうじん》落としの今日は、鯉料理を仏前に供する「俎板《まないた》直し」の儀式もおこなわれる。

門前には床店が軒を並べているので、門徒以外でも遊山に訪れる者が多かった。

蔵人介は念仏の唱和を聞きながら、今訪ねたばかりの『百八助』に背を向けていた。

志乃と幸恵に頼まれ、当主みずから、おせんを迎えに出向いたのだ。

「わざわざお越しいただき、感謝のしようもござりませぬ」

おせんもこちらの誠意にこたえ、奉公をつづけると約束してくれた。

気に掛かるのは、おはまという後添えとの関わりだが、立ちいったことを尋ねるわけにもいかない。

黙って歩いていると、おせんのほうから切りだした。

「おとっつぁん、跡継ぎを欲しがっているんです。おまえは貰ってくれる相手のもとへ嫁いで幸せになればいいと、そう申しました」

だから、世間に出しても恥ずかしくないように、武家屋敷へ奉公させたがっていたのだという。

「ちょっと淋しかったけれど、おとっつぁんも、死んだおっかさんのことが忘れられないわたしの気持ちを、きちんと考えてくれているんだとおもいます」

後添えとのあいだに子ができなければ、権右衛門は養子を取る腹積もりでいるらしかった。

「なるほど」

父と娘のあいだには、少しばかり確執があるようにも感じられる。

仲が良さそうにみえても、家族のことはうわべだけではわからない。

ともあれ、おせんはまた市ヶ谷御納戸町の屋敷へ通ってくれるようになった。

実家の難事を機転で乗りきったことで、矢背家の連中からはいっそう好かれるようになり、おせんがいるだけで屋敷のなかが華やいだ空気に包まれた。

ひとり鐵太郎だけは押し黙り、誰とも目を合わせようとしない。

おせんを意識しているのはあきらかで、蔵人介としては可笑《おか》しいやら情けないやら、一度膝詰めで活を入れてやろうと考えていた。

そんなある日のこと、幸恵が蔵人介のもとへ妙な冊子を携えてきた。

「鐵太郎の部屋を掃除しておりましたら、書見台にかようなものが」

手渡された冊子は鐵太郎本人による写しで、表紙には『戊戌《ぼじゅつ》夢物語』とある。

ぱらぱら捲《めく》っているうちに、蔵人介の顔から血の気が引いていった。

写しには、近く来港するであろうモリソン号なる「英国船」にたいして、幕府が「打払《うちはらい》にいたすべし」との強硬策をもってのぞむことが書かれていた。はなしは夢のなかで問答する形式で進むのだが、著者の分身とおもわれる智恵者は英国がいかに強国であるか諸例を持ちだして論旨明快に説き、強硬策をもってのぞむことの愚を説いている。

すなわち、夢のかたちを借りて、異国にたいする御政道への批判が綿々と綴られていた。

「鐵太郎を呼べ」

蔵人介は怒りを抑え、冷静に言った。

幸恵によれば、町道場まで剣術の稽古に出向いており、戻ってくるのは八つ刻

（午後二時）になるという。

冬枯れの庭には、茶人好みの侘助《わびすけ》が薄紅色の花を咲かせていた。

縁側に米粒をばらまいておけば、雀がちゅんちゅん寄ってくる。

廊下の端の陽だまりには、肥えた三毛猫が寝そべっていた。

風もない、長閑《のどか》な午後だ。

「ふわっ」

蔵人介は欠伸《あくび》を嚙み殺す。

半刻ほど経過したのち、鐵太郎がふてくされた顔で部屋にやってきた。

「父上、お呼びでござりましょうか」

「ふむ、そこに座れ」

抜いた刀が届く間合いまで来させ、じっと睨みつける。

「これは何だ」

写しを拾いあげ、単刀直入に糾した。

鐵太郎はすでに幸恵から聞いていたのか、ひらきなおった態度でこたえる。

「それは、さるお方から拝借いたしました」

「さるお方とは」

「天文方《てんもんかた》の小関三英《こせきさんえい》さまにございます」

「知らぬな。旗本か」

「いいえ、庄内《しょうない》のお生まれで、天文方のまえは岸和田《きしわだ》藩の藩医をなされておりました。ただ、医術よりも蘭学のご造詣が深く、公儀から阿蘭陀《オランダ》書籍和解《わげ》御用も仰せつかっておられます」

「さような人物と、そなたはどこで知りあったのだ」

「尚歯会《しょうしかい》にございます」

飢饉の対策を練る目途でつくられた講のことだ。主宰者は紀州藩に仕える儒官の遠藤勝助《えんどうしょうすけ》で、遠藤の尚歯会には高名な儒学者や蘭学者はもとより、幕府や藩で重責を担う臣下たちも集まっていると、蔵人介は噂に聞いたことがあった。

その尚歯会に、鐵太郎は気軽に出入りしているらしい。

おそらく、築地にある大槻玄東《おおつきげんとう》の『芝蘭堂《しらん》』で蘭学を学んでいる関わりから、誰かに紹介を受けたにちがいない。

「これは、小関なる者が著したのか」

「いいえ、お書きになったのは、高野長英《たかのちょうえい》さまにございます」

蔵人介は首を捻った。聞きおぼえのない名だからだ。

「大きい声では申しあげられませぬが、ドイツ人医師のシーボルト先生が長崎《ながさき》に開校した『鳴滝塾《なるたきじゅく》』で医学と蘭学を修得し、塾頭に抜擢されたほどの才人であられます」

十年前、シーボルトは伊能忠敬《いのうただたか》の作製した『大日本沿海輿地全図』を海外へ持ちだそうとして発覚し、国外退去となった。高野はとばっちりを恐れて長崎から逃れ、二年ほどして江戸に戻ってからは、麴町《こうじまち》で蘭学塾をひらいているという。

そうした経歴を、鐵太郎は高野本人から聞いたらしかった。

「田原《たわら》藩のご家老であらせられる渡辺崋山《わたなべかざん》さまのご依頼で、数々の貴重な蘭学書を翻訳なされました。それがしの崇敬《すうけい》する数学者のピタゴラスや地動説を証明したガリレオ・ガリレイも、高野さまがおられなければ知り得る手だてはありませんでした」

高野長英こそは当代一の蘭学者にまちがいないと、鐵太郎は眸子を輝かす。

すっかり魅せられていることは、はなしぶりから即座にわかった。

蔵人介は、これみよがしに溜息を吐く。

「わしが知りたいのは、ピタゴラスやガリレオ・ガリレイのはなしではない。高野長英なる者が著した『戊戌夢物語』のことだ」

鐵太郎によれば、先月中旬に尚歯会の定例会が催された席上で、モリソン号のことが話題にのぼったという。

だが、事実とはかなり食いちがっていた。

同船はまず、英国ではなしに米国の商船である。昨夏、突如として浦賀《うらが》沖にあらわれた。目途は海上で救助した七人の日本人漁師を送りとどけることであったが、幕府は十三年前に制定した異国船打払令に則《のっと》り、沿岸から砲撃をくわえて退去させた。薩摩《さつま》沖でも同じ仕打ちを受けたモリソン号はやむなく、マカオへの帰港を余儀なくされた。

漂流民を送りとどけるという目途が判明したのは、それから一年後の今夏、長崎のオランダ商館からもたらされた一通の書状によってであった。

そのあたりの経緯を、蔵人介は義弟の市之進から興味半分に聞かされていた。

江戸近海で異国船を砲撃するのは前代未聞の出来事だったので、蔵人介ならずとも誰もがモリソン号の一件に関する顚末《てんまつ》を知りたがっていたのだ。

老中の水野忠邦は幕閣の主立《おもだ》った重臣たちを呼び、オランダ商館から届いた書状をみせ、爾後《じご》の対応について評定の場で意見を聞いた。目付の鳥居耀蔵も列席したので、配下の市之進は評定のあらましを知り得ることができたのである。

重臣たちの多くは「再来の際は打払やむなし」との強硬意見を述べたという。ところが今月になり、水野忠邦は長崎奉行に向けて「漂流した漁師たちはオランダ船によって帰還せらるべし」との幕府方針を正式に通達していた。

すなわち、評定での強硬意見は採用されなかったことになる。

一方、幕閣でモリソン号に関する評定がおこなわれた直後、勘定所詰めの芳賀市《はがいち》三郎《さぶろう》なる小役人が尚歯会の定例会にあらわれた。鐵太郎によれば、モリソン号の一件が取り沙汰されたのはこのときで、芳賀は評定の場で重臣たちが述べた強硬意見だけを密かに開陳したという。

尚歯会の面々は芳賀のはなしを鵜呑みにし、幕府の意向は「英国船の強硬な打払にあり」と誤解した。「打払」に断乎《だんこ》反対する高野長英は誤った認識のままに、六日掛かりで『戊戌夢物語』を書きあげたのだ。

蔵人介は冊子を掲げ、斬りつけるような口調で言った。

「ここに記されているのは、御政道への批判にほかならぬ。中味はどうあれ、御政道を批判した者がどうなるか、そなたもわからぬではあるまい」

「されど、父上」

と、鐵太郎は意外にも反論をこころみた。

「忠臣の諫言《かんげん》に耳をかたむけぬ為政者は、かならずや滅びる運命《さだめ》にあります」

「莫迦な。滅びるなどと、さようなことを口にいたすでない。だいいち、高野長英が忠臣か。わしには、そうはおもえぬ。みずからの博学をひけらかし、立場もわきまえずに好き勝手な意見を吐く。さような輩は信用できぬ」

「父上は高野さまをご存じないのです。そのように蔑《さげす》むのはおやめくだされ」

おそらく、鐡太郎が親にたいして声を荒らげたのは、これが生まれてはじめてのことであろう。

蔵人介は驚くと同時に、心の片隅では少しばかり頼もしいとも感じていた。

だが、御政道批判の片棒を担ぐような行為だけは、断じて許すわけにはいかない。

「今後いっさい、尚歯会には出向かぬように。しかと申しつけたぞ」

厳しい口調で命じると、鐡太郎は目に涙を溜め、口惜しげに唇を噛みしめた。

四

師走《しわす》二日。

明石町の『百八助』で小火《ぼや》騒ぎがあった。

焦臭《こげくさ》さに気づいて調べてみると、火の気のない脇道に沿った壁が真っ黒に焦げていたのだ。

「赤猫《あかねこ》かもしれぬ」

付け火を疑った主人の権右衛門はその日から不寝番《ふしんばん》をつづけたので、目の下に隈《くま》ができてしまった。

おせんは本人の希望もあって、しばらく屋敷奉公を控えることになった。

偽引札をばらまかれた件といい、付け火といい、紅屋には不幸がつづいている。

とりあえずは竈祓《かまどばら》いの巫女《みこ》を呼んで御祓いをしてもらったが、神仏に救いを求めるよりも、背景に潜む悪意の正体を見極めることのほうが先決だった。

すでに、手は打ってある。

蔵人介はとある人物に頼んで、首の横に蛇の彫り物がある男の素姓を探らせていた。

夜になり、京橋川《きょうばし》が外濠にぶつかる辺りへ足を向けたのは、その男に会うためだ。しんしんと雪の降るなか、襟を寄せながら大股で歩いていくと、京橋川の口に架かる比丘尼橋《びくに》の橋詰めから白い湯気が立ちのぼっている。

「三日後、湯気を目印にご足労《そくろう》いただきてえ」

男のことばをおもいだし、空いた小腹を抱えて足を速めた。

たどりついたのは夜鷹蕎麦の担ぎ屋台で、歯の抜けた夜鷹たちが美味そうに蕎麦を啜っている。

明樽《あきだる》に座った男がこちらに背中を向け、熱燗をちびちび飲《や》っていた。

小汚い暖簾を振りわけると、男は端正な瓜実顔を向けてくる。

「待たせたな、銀次《ぎんじ》」

声を掛けると、心から嬉しそうに笑った。

四谷《よつや》の鮫ケ橋《さめがはし》坂で夜鷹会所を営む元締めで、すずしろの銀次と言えば、闇の世で知らぬ者はいない。蔵人介はひょんなことで知りあい、困ったことがあると、銀次の俠気《きょうき》に何度か縋《すが》ってきた。

「へへ、すっかり寒くなっちめえやしたね。ささ、どうぞ。寒い夜はこいつにかぎる」

注がれた安酒を呷《あお》ると、凍えきった小腸《ひゃくしろ》に生気が蘇った。

「蕎麦も注文しやすかい。それとも、さきに面倒なはなしを片づけやしょうか」

「ん、そうしてくれ」

髪の白い親爺が、さりげなく後ろを向いた。

まわりの夜鷹たちも、気を遣うように離れていく。

「へへ、ここの親爺は置物だとおもってくだせえ」

銀次は酒を注いでくれ、低声《こごえ》で喋りはじめた。

「四日前の晩、比丘尼橋のたもとで、唇の腫れた舟饅頭《ふなまんじゅう》の屍骸がみつかりやした。名はおつた。足が不自由なので、破《や》れ舟《ぶね》を枕に春をひさいでおりやした。もう、四十も半ばを過ぎておりやしたもので、良い客はつかねえ。何日かに一度、酔った客が誤って舟に誘いこまれる程度のことでやす」

舟を使って身を売る女たちは「舟饅頭」と呼ばれ、夜鷹の仲間ではないが、頼まれれば会所で筵《むしろ》などを貸してやっているらしい。

おつたは色白の愛嬌のある面立ちをしており、若い時分は品川の岡場所でたいそう売れっ子の芸者だったという。

「唇を腫らしたのは先月三の丑前後のことだったそうで、知りあいの夜鷹が真夜中におつたの悲鳴を聞いておりやす。そんとき、誰かに毒を仕込まれたにちげえねえんだが、おつたは仕込んだ野郎の名を喋りやせんでした。金になるから喋らねえ。喋ったら殺られちまう。そう言って、身を震わせていたんだとか」

「銀次のことだ。男の素姓もつきとめたんだろう」

「首の横に蛇の彫り物とくりゃ、捜すのはそう難しかねえ。へへ、みつけやしたよ。蛇籠《じゃかご》の弥一《やいち》ってのがそいつの名でやす。むかしは黒鍬者《くろくわもの》の小頭《こがしら》を任され、河口堰《かこうぜき》なんぞを築いていたとか。だから、蛇籠なんでやしょう。今は強請《ゆすり》で食っていて、居所を探られねえように木賃宿を転々としている。そう、聞きやした」

「さすが、蛇《じゃ》の道は蛇《へび》だな」

「餅は餅屋と仰ってくだせえよ。あっしは江戸の闇を照らす船灯りになりてえんだ。もっとも、困ったことに、光にゃいろんな虫が集まってくるんでやすがね」

銀次は声を出さずに笑い、酒をまた注いでくれた。

蔵人介は、はなしの筋を描いてみせる。

「弥一は寒中丑紅の売出しに合わせ、明石町一帯で偽の引札をばらまいた。そして、比丘尼橋でみつけたおつたの唇をわざと腫れさせ、百八助にねじこんでいった。そういう筋か」

「まちげえありやせん。おつたは端金《はしたがね》を渡されて面相を変えられたうえに、不自由な足を引きずって明石町くんだりまで行かされた。そして用済みになったら、あっさり口を封じられたんだ。こんなやり口は許せねえ。鬼役の旦那にお願いされた一件でやすが、あっしは弥一って野郎を地獄の果てまで追いこんでいく腹でおりやす。でも、ちょいと引っかかることがありやしてね」

「何だ」

「おったの死にざまでござえやすよ。袈裟懸けの一刀で斬られておりやした。どう考えても、ありゃ刀傷だ。となりゃ、弥一の仕業じゃねえかもってことに」

「仲間がいるのか」

「しかも、腕の立つ侍《さむれ》えでやすよ」

「誰か、みた者は」

「今んところはおりやせん。ここの親爺が悲鳴を聞いて駆けつけたときは、破れ舟に血達磨の舟饅頭が転がっていたそうで」

親爺は丸めた背中を向けたまま、蕎麦を茹《ゆ》ではじめた。

そろそろ銀次のはなしも終わると、察したのであろう。

「鬼役の旦那、この一件にゃ裏がありそうだ。弥一の後ろにゃ、黒幕が控えているのかもしれねえ」

「黒幕か」

夜鷹屋の勘働きは莫迦にできぬ。

「銀次よ、すまぬが、引きつづき調べてもらえぬか」

「合点で。へへ、水臭えことは言いっこなしですぜ。何でも仰ってくだせえ。あっしは旦那のお役に立ちてえんだ」

「すまぬな」

蕎麦の丼が、とんと出された。

「さあ、どうぞ。十六文にしちゃ美味えと評判の二八蕎麦でさあ」

銀次は自慢しながら、箸まで割いてくれた。

蔵人介は香りを嗅ぎ、蕎麦を豪快に啜る。

「なるほど、美味い」

親爺がようやく振りむき、はにかんだように微笑んだ。

左の瞼だけが頑《かたく》なに閉じられ、よくみれば刀の古傷がある。

過去を聞く気はないが、修羅場を潜ってきた男であることはわかる。

親爺は蔵人介に同じ匂いを感じたのか、燗酒を一本無料《ただ》にしてくれた。

五

矢背家でも異変が起こった。

灯点《ひとも》し頃、嫌がらせの矢文《やぶみ》が飛びこんできたのだ。

――紅屋に構うな
文に目を通した志乃は激昂《げっこう》し、仏間の長押《なげし》に掛けてあった「鬼斬り国綱」を手に取るや、庭に下りて振りまわしはじめた。

「いやっ、たっ、きえい……っ」

気合いと刃音が響きわたり、誰ひとり近寄ろうともしない。

そうしたなか、紅屋の権右衛門が刺されたとの急報がはいった。

「蔵人介どの、早《はよ》う」

志乃に煽られるまでもなく、蔵人介は従者の串部をともない、押っ取り刀で明石町へ向かった。

店に踏みこんでみると、権右衛門は深傷《ふかで》を負って蒲団に横たわっていたが、何とか命だけはとりとめた様子だった。

おせんは泣きもせず、枕元に座って気丈に説きはじめる。

「刺されたのは胸でござります。お医者さまの仰るには、あと一寸ずれていたら、心ノ臓を傷つけていたそうです」

おせんは唇を噛みしめてから、喋り辛そうに漏らす。

「刺したのは、義母でござります」

「えっ」

後添えのおはまが刺したと知り、蔵人介は串部と顔を見合わせた。

権右衛門が薄目を開ける。

「……お、おせんや」

「おとっつぁん、しっかりして」

おせんに励まされ、権右衛門は必死に喋ろうとする。

「……お、おはまは……み、店を乗っとる気で……ち、近づいてきやがった」

おはまには隠していた情夫があった。首の横で蛇が蜷局《とぐろ》を巻いている男だという。

「あいつです」

と、おせんが乗りだしてくる。

「丑紅の日、唇の腫れた女の人を連れて文句を言いにきた男です」

蛇籠の弥一だ。

おはまは情夫の弥一に命じられて権右衛門に近づき、まんまと後添えに迎えられたにちがいない。万が一のことがあれば、身代《しんだい》をそっくり譲りうける腹だったのであろう。ところが、権右衛門は「身代のすべては娘のおせんに譲る」という遺言状をしたためていた。

おはまはそれを知って癇癪《かんしやく》を起こし、勝手から出刃包丁を持ちだしたのだ。

「おとっつぁんは莫迦だよ。死んじまったら元も子もないじゃないか」

おせんが武骨な手を握ってやると、権右衛門の目に涙が溢れてきた。

串部は貰い泣きしていたが、蔵人介は弥一におもいを馳せる。

情婦を送りこむことからして、よほどの周到さが窺えた。

おそらく、小火も弥一の仕業であろう。

だが、今ひとつ目途が判然としない。

やり口があまりに陰湿で、まわりくどいようにも感じられた。

丑の日にごねてきたとき、弥一は「金で済むはなしじゃねえ」と言った。「店の信用に関わるはなしだ」とも強調した。

店の信用が落ちれば、身代は目減りする。

下手をすれば、借金だけが残る事態にもなりかねない。

身代を狙うのであれば、店を傷つけるようなまねはしないはずだ。

じっくり腹を据えて待ち、潜りこませたおはまに任せておけばよい。

しかし、弥一のやり口には、どこか焦りのようなものが感じられた。

目途は金ではなく、本人も言っていたとおり、店の信用を失墜させることにあるのではなかろうか。

だが、何のために。

すずしろの銀次は「黒幕」の存在を匂わせた。

弥一は命じられたままに動くだけの操り人形なのかもしれない。

だとすれば、隠れた敵が今まで以上に卑劣な手管《てくだ》を講じてくることも考えられる。

「……お、おれは……み、店をたたむ」

権右衛門は痛みを怺《こら》え、弱気な台詞を口にした。

おせんが、きつい口調でたしなめる。

「そんなことは言わないで。おとっつぁんが身を粉《こ》にして、せっかくここまでに築きあげたお店なんだから。『百八助』は、わたしたち父娘の命も同じでしょう。こんなところで負けるわけにはいかない。娘のわたしがついているんだから、しっかりしなきゃ駄目だよ」

「……お、おせん……す、すまねえ」

権右衛門は泣きながら、後添えが来てから娘を邪険にしたことを謝った。

「……お、おれは……め、目がくらんでいたみてえだ」

「もう済んだこと。謝らなくてもいいんだよ。今はからだを治すことに専念しなくちゃいけないよ」

しっかり者のおせんに叱られ、権右衛門は何度もうなずいた。

「雨降って地固まるとは、このことでござりますな」

串部は洟水を啜り、余計なことを口走る。

だが、あながち間違ってはいない。

苦境を乗りこえることで、父娘の絆は深まるのだ。

紅屋を再開させるためにも、裏で蠢く悪事のからくりをあばきださねばなるまい。

蔵人介は串部を用心に残し、ひとりで店をあとにした。

そして、暗い沖合に異国船の影でもみつけようとおもったのか、海風の吹きぬける寒《さむ》さ橋のほうへ踏みだしていった。

六

五日後、蔵人介は『百八助』に立ち寄って権右衛門の順調な快復ぶりをたしかめたあと、御門跡から三丁ほど離れた合引《あいびき》橋のうえにやってきた。

築地川の本流と支流が潮の流れを引きあうので、橋には「合引」の呼称がつけられている。艶めいた呼称のせいか、誰かとの密通でもないのに、何やら罪を犯しているような気分だ。

約束の正午《ひる》が過ぎたころ、待ちあわせの相手はやってきた。

「よう、息災《そくさい》か」

町人髷で小肥りの四十男が、気軽な調子で笑いかけてくる。

遊び人の金四郎こと、勘定奉行の遠山景元にほかならない。

「別に用事はねえんだ。おめえさんにめずらしいものをみせてやろうとおもってな」

そう言って、金四郎は合引橋の北詰めに向かって歩きだす。

橋詰めの左は伊予吉田《いよよしだ》藩三万石の伊達若狭守《だてわかさのかみ》邸、右は近江膳所《おうみぜぜ》藩六万石の本多《ほんだ》兵部大輔《ひょうぶのだいぶ》邸だ。

海鼠《なまこ》塀の狭間を進めば、京橋川にたどりつく。

金四郎は南八丁堀を東に折れて川沿いに歩き、中ノ橋の手前で足を止めた。

南詰めの隅に、ひと抱えほどもある丸い石が置いてある。

「虫歯に効験《こうげん》のある祈願石だぜ。総入れ歯になりたくなかったら、おめえさんも拝むといい。何せ、鬼役は歯が命だからな、でへへ」

みせたいものは、虫歯封じの石ではなさそうだ。

「ほら、あれだよ」

顎をしゃくったさきには、小汚い居酒屋があった。

「『平潟《ひらかた》』だ。何を食わすとおもう」

金四郎は足早に歩き、脇道から裏手へまわりこむ。

「あれさ」

勝手口のそばに、鮟鱇《あんこう》が吊《つる》されていた。

大きさで三尺六寸、重さで三貫はあろう。

長刃の包丁を握った親爺が、金四郎に微笑んだ。

「おや、金さん、いらしたね。ちょうどこれから、鮟鱇をさばくところさ」

みせたいものとは、吊し切りのことらしい。

親爺はまず鮟鱇の鰭《ひれ》を除き、ぬるぬるの皮を剝《は》ぎ、内臓をごっそり取りだした。

あとは背骨に沿って包丁を下ろし、手際よく身のかたまりを切りとっていく。

鮟鱇は瞬《また》く間にさばかれ、汁の実となる運命を待つのみとなった。

蔵人介は金四郎に従いて勝手口からはいり、ほかの客と鉢合わせにならぬ離れへ案内された。

腰を降ろしたところへ、親爺が鍋を運んでくる。

あん肝をから煎《い》りして味噌仕立てにしたなかへ、鮟鱇の切り身と乱切りにした大根をぶちこんだ。

水はいっさい使わず、鮟鱇と大根から滲みでた汁で煮る。

「どぶ汁だ。待ちきれねえぜ」

待っているあいだは、湯気を肴に熱燗を飲《や》る。

金四郎は盃を呷り、おもむろに語りはじめた。

「つい先だって、安積艮斎《あさかごんさい》っていう儒学者の家で畳一畳ぶんの大地図をみた。清国《しん》に天竺《てんじく》にロシア、大陸を渡ってイギリスにオランダにフランス、イタリアにスペインにポルトガル、大海原を渡ってアメリカとメキシコまで載った地図だ。田原藩の家老で渡辺崋山ってのがいてな、異国の進んだ知識をいろいろと披露しながら、おれたちの暮らす日の本がいかにちっぽけなものか力説しやがった」

渡辺崋山の名を聞いた途端、鐵太郎のことが頭を過ぎった。

不吉な予感を顔には出さず、金四郎の喋りに耳をかたむける。

「口惜しいが、納得させられることも大いにあった。さすが、水戸《みと》学の藤田東湖《ふじたとうこ》をして『蘭学にて大施主』と言わしめたほどの人物だ。家老としても有能でな、飢饉のときは藩内でひとりの餓死者も出さなかった」

諸藩で唯一、公儀から褒賞《ほうしょう》を受けたのは田原藩であったという。

「その渡辺崋山も出入りしている講がある。尚歯会なんぞと名乗っちゃいるが、年寄りを敬うためにつくられた講じゃねえ」

蓋を開けてみれば、蘭学者や儒学者や身分のある役人たちまでが集まり、医学や天文から御政道にいたるまで、幅広く意見を交換しあっている。

「おもしろそうだから、おれも何度か覗いてみた。なかにゃ、危ねえことを口にするやつもいる。異国の侵略から日の本を守るためにゃ、縄手に沿ってずらりと大筒《おおづつ》を並べなくちゃならねえ。しかも、並べる大筒は異国船に備わったものと同等でなくちゃ意味はねえとのたまう。それとは逆に、大筒を揃えるにゃ莫大な費用《かかり》が掛かるから、いっそ白旗をあげて開国しちまえばいいなんぞと、酔った勢いで乱暴なことを言う者もいる。そんなやりとりが公儀に知れたら、首を失ってもおかしかねえ。でもな、端で聞いているぶんにゃ、おもしろくて仕方ねえのさ」

鍋が煮えた。

蔵人介の心中は複雑だ。

「さあ、できたぜ」

金四郎は椀を持ち、手ずから汁をよそってくれた。

茶色い汁から漂う味噌の匂いが、いやが上にも食欲をそそる。

ひと啜りすると、こくのある濃厚な汁が臓物に滲みていった。

「ぷはあ、美味え。こいつは絶品だぜ」

実も美味い。ぷるっとした鰭とこりっとした鰓《えら》の食感を楽しみながら、蔵人介は至福のひとときを味わった。

それにしても、何故、金四郎は尚歯会のはなしを持ちだしたのか。

「ふへへ、肝の味が大根にも滲みていやがる。たまらねえぜ、なあ」

「仰るとおりにござります」

「おっと、堅《かて》え物言いはよそうぜ。おれは遊び人の金四郎だ。町人髷のときは、お役目を忘れている。遠慮しねえで、金四郎と気軽に呼んでくれりゃいい」

「はあ」

「おめえさんのことは、蔵さんとでも呼ぼうか。それとも、蔵ちゃんがいいかな」

「どうとでも、ご随意に」

「ふへへ、そういやあ、寒い時季に水戸さまから上様に献上されるのも鮟鱇だったな」

金四郎は一拍間を置き、わずかに声をひそめた。

「水戸の斉昭《なりあき》公は英邁《えいまい》な殿様であられるが、気性も荒くていらっしゃる。藤田東湖あたりに吹きこまれているんだろうが、異国の情勢にもお詳しいようでな、今のままではイギリスやアメリカといった強国に日の本が蹂躙《じゅうりん》されぬともかぎらぬと危ぶまれ、幕閣の御歴々や御大名衆に向かって、折に触れては沿岸防備の強化を訴えておられる」

何でも、鉄砲洲《てっぽうず》から品川にかけての沿岸を整備し、数十ヶ所に砲台を築かねばならぬとも言ったらしい。

「そんな金がどこにあると、反論する勇気ある殿様はいねえ。逆しまに、斉昭公のご意見をまともに受け、天下普請の再来じゃと騒ぎたてる幇間《ほうかん》大名も出てくる始末だ。何やら、城内も焦臭《きな》くなってきやがった。火をつけたのは去年の夏、浦賀へやってきたモリソン号さ」

金四郎は微酔《ほろよ》い加減で、御政道のはなしをつづける。

真意はわからない。ただ、とりとめもなく喋りたいのだろうか。

「モリソン号は砲撃され、浦賀へ入港できなかった。救ってやった日本人の漁師を送りとどけにきただけなのにな。つまり、先様は好意でやったことだ。礼儀としちゃ、漁師たちをありがたく貰いうけ、それなりの返礼をしなくちゃならねえ。ところが、評定に雁首《がんくび》揃えた御歴々は『再来の際は打払やむなし』と言いやがった。おれもその場に居合わせたが、おおかたの意見は強硬攘夷《じょうい》さ。それでいいのかよって、おれなんぞはおもったね」

ところが、水野忠邦はこののち、長崎奉行に向けて「漂流した漁師たちはオランダ船によって帰還せられるべし」との幕府方針を通達した。

「へへ、諸役の強硬意見は何ひとつ反映されなかったわけだ。水野さまが弱腰になられるのも、わからねえわけでもねえ。でえち、浦賀の沿岸から撃った砲弾はモリソン号の遥か手前に落ちたんだからな。異国船が沿岸に近づいたら、即座に打払にすべしと勇ましいことを言っちゃいるが、大筒を積んだ船団がやってきたら、とてもじゃねえが太刀打ちできねえ。悲しいかな、そいつが今の幕府さ。だから、水戸のお殿様みてえな意見も飛びだしてくる」

いまや、幕閣諸侯がもっとも憂慮することは、隣の清国に覇権の手を伸ばしつつあるイギリスなど強国の動向だった。モリソン号の来港もさることながら、イギリス人が小笠原諸島への入植を企んでいるとの風説も一部では囁かれているという。

強国を敵にまわせば、どう考えても勝ち目はない。領土は蹂躙され、幕府は壊滅に瀕《ひん》するだろう。

恐怖は侍たちを過激な行動に駆りたてる。

そのあたりを、金四郎は懸念しているようだった。

「遅ればせながら、水野さまは内海の沿岸調査を急がせることになった。来月早々、伊豆韮山《いずにらやま》代官の江川英龍《えがわひでたつ》を沿岸巡見《じゅんけん》に送りこむ。同道するのは、御目付の鳥居耀蔵だ。水野さまはどうやら、鳥居と江川に日の本の海防を任せる腹らしい」

巷間でも天下国家を語りたがる侍たちが増えてきた。なかには幕府の弱腰を批判したりする者もおり、鳥居を筆頭とする目付筋は警戒の目を光らせはじめている。さきほどはなしに出た尚歯会なども、早晩、監視の対象になることは容易に想像できた。

軽輩までが我先に御政道を口にするのは、幕府の屋台骨が揺るぎつつあることの証左だ。が、蔵人介は微動だにせず、役目に集中することだけを心掛けている。

そうすることしかできないし、そうすることが禄を喰《は》む侍の勤めと信じていた。

金四郎は、酒で火照《ほて》った月代をぽりぽり掻く。

「すまねえな。御政道のはなしはしねえつもりだったのに」

「いいえ、かまいませぬ」

「そういやあ、息子のことだが……」

と言いかけ、金四郎は首を振った。

「……へへ、まあいいや。おれが口を挟むことじゃねえ」

やはり、鐵太郎が尚歯会に出入りしていたことを知っているのだ。

ひょっとしたら、金四郎も高野長英の著した『戊戌夢物語』を目にしたのかもしれない。

老婆心から注意を促してくれたのだとしたら、感謝すべきであろう。

だが、蔵人介は鐵太郎のことよりも、老中の水野忠邦が沿岸巡視に鳥居たちを送りこむはなしのほうに興味を持った。耳に残ったのは、水戸斉昭公が「鉄砲洲から品川にかけての沿岸を整備し、数十ヶ所に砲台を築かねばならぬとも仰ったらしい」という内容だ。

紅屋『百八助』のある明石町は「鉄砲洲から品川にかけての沿岸」に位置している。

どこがどう結びつくのか判然としないながらも、紅屋に降りかかった一連の災難と関わりがあるようにおもわれてならない。

「蔵さん、考え事かい」

金四郎は紅屋の災難を知ってか知らずか、気楽な調子ではなしかけてくる。

「いいえ、何でもございませぬ」

蔵人介は銚釐を摘み、怪訝《けげん》な顔をする遊び人に酒を注いでやった。

七

翌九日夜。

夜鷹屋の銀次から待望の連絡があった。

蛇籠の弥一の潜伏先を嗅ぎつけたのだ。

それは本所《ほんじょ》を縦横に流れる竪川《たてかわ》と横川《よこかわ》の交差する辺り、柳原《やなぎわら》の一角にある古びた木賃宿だった。

銀次とともに出向いてみると、近くの辻番所から白い煙が立ちのぼっている。

「焼き芋か」

箱看板には「十三里」とあった。「栗《くり》（九里）より（四里）美味い」と洒落た宣伝文句だ。

「へへ、ありゃ鳥居丹波守《たんばのかみ》さまんとこの辻番が売る焼き芋だな。たいそう美味えと評判でやすぜ。本場の川越《かわごえ》芋を丸のまんま蒸し焼きにした壺焼きだとか。いかがでやす、おひとつ」

銀次は言ったそばから歩きだし、焼き芋をふたつ買ってきた。

「どうぞ、お熱うござんすよ」

「ん、すまぬな」

「では、お先に」

ほかほかの湯気とともに黄金色の芋を頬張り、銀次は「こいつは美味え」と感嘆の声をあげた。

蔵人介も芋をふたつに割り、かぶりつく。

なるほど、美味い。ほくほくしているのだ。

急いで食べると、喉につかえそうになった。

「へへ、どうぞ」

銀次が竹筒を寄こす。

かたむけると、般若湯がはいっていた。

「川のこっちは、とんと縁がねえ。この界隈を縄張りにしてんのは、本所吉田町《よしだちょう》の元締めでやしてね、助っ人を頼んだら、ようやく弥一の居所がわかった次第で」

「苦労を掛けたな」

「とんでもねえ。あっしの縄張り内なら半日でみつけだしたところなのに、面目次第もありやせん」

芋を食い終え、ふたりは木賃宿のほうへ足を向けた。

表口に近づくと、ひとりの夜鷹がさりげなく離れていく。

銀次の命で宿を見張っていたのだろう。

「おぬしに掛かったら、江戸のどこにも隠れるところはないな」

「ま、そういうことになりやすね」

ふたりはしばらくのあいだ、戸口のそばに隠れた。

「弥一はまだ、帰《け》えっておりやせんよ」

「なぜわかる」

「夜鷹の合図がなかったもんで」

「なるほど」

ふたりの頭上には、月が出ている。

横川の流れは夙《はや》く、月の欠片《かけら》を煌《きら》めかせていた。

さらに半刻ほど経過し、足の爪先まで冷えきったころ、横川に架かる南辻《みなみつじ》橋の向こうから、ふたつの人影がやってきた。

蔵人介と銀次は、さっと物陰に隠れる。

ひとりはかなり酔っており、もうひとりに支えられていた。

橋詰めまで来れば、月明かりで面相がはっきりわかる。

酔っている男の首には、蛇が蜷局《とぐろ》を巻いていた。

蛇籠の弥一だ。

「兄貴、着きやしたぜ。小汚ねえ木賃宿でやすよ」

支えているほうは、どうやら、弟分らしい。

やけに丈は高いものの、間の抜けた面をしている。

「兄貴、しっかりしてくれよ。こんなところで眠ったら、風邪をひいちまうぜ」

「うるせえ。てめえは口惜しかねえのか。檜《ひのき》屋のやつに屑《くず》呼ばわりされてよう」

「あれ、酔ってねえのか、兄貴」

「ああ、酔ってなんざいねえ。足がちょいと縺《もつ》れるだけさ。檜屋の鮟鱇顔を拝んだら、酔いなんぞ吹っ飛んじまう」

「たしかにな。でも、どうするよ。こんど失敗《しくじ》ったら、お払い箱だぜ。せっかく摑んだ儲けの蔓《つる》が切れちまう」

「失敗らねえさ」

「どうすんだい」

「おはまを使う」

「またかい。姐《あね》さんは頭に血がのぼると、何をしでかすかわからねえかんな」

「あの莫迦、紅屋に身代を譲る気がねえと知った途端、本気で娘に悋気《りんき》を起こしやがった」

「まさか、刃物を使うとはおもわなかったぜ」

「くそっ、最後に残しておいたはずの一手を使いやがって」

「しかも、姐さんは失敗った。紅屋はちゃっかり、生きていやがる」

「せっかく、半年掛けて後添えの座を射止めたってのに、苦労が水の泡さ。金輪際、おはまに勝手なまねはさせねえ。失敗ったら、舟饅頭の二の舞いになると言ってあるかんな。甚吉《じんきち》、てめえは人数を集めろ。いざとなりゃ、力尽くでやってやる。壊し屋の名にかけても、失敗ることはできねえ」

「へへ、そうこなくっちゃ。紅屋さえどうにかなりゃ、木賃宿暮らしともおさらばできるってもんだ」

「檜屋平五郎《へいごろう》に向かって、でけえ面ができるって寸法よ」

「そう願うぜ」

「わかったら行け。おれの居所を誰にも喋るんじゃねえぞ」

「心配《しんぺ》えすんな」

甚吉という弟分は去り、弥一は木賃宿に消えた。

銀次は暗がりから抜けだし、蔵人介に笑いかける。

「檜屋平五郎なら、知っておりやす。木場《きば》にでけえ蔵を持つ材木問屋でさあ」

「ほう」

「店はたしか、深川《ふかがわ》の熊井町《くまいちょう》にありやす。熊井町からなら、佃島《つくだじま》がよくみえやすぜ」

佃島の向こうには、明石町がある。

檜屋は毎日、紅屋の吹き流しを眺めているのかもしれない。

「ひょっとしたら、檜屋が欲しいのは紅屋の沽券状《こけんじょう》かもしれやせんね」

銀次の言うとおりだと、蔵人介もおもった。

檜屋は紅屋の土地を喉から手が出るほど欲しがっている。

ただし、繁盛している紅屋が土地を手放すはずはないので、弥一のような破落戸を使って追いだそうとしているのだ。

「弥一は自分のことを『壊し屋』と言いやしたね。そいつらのこと、小耳に挟んだことがありやす」

荒っぽい手管を講じ、狙った土地を只《ただ》同然で手に入れ、高値で転売する。黒鍬者あがりの連中だ。

黒鍬者は目付の配下に置かれ、千代田城内の普請や濠の掃除などをおこなう。大名が登城する際の整理や書状の伝達なども役目としており、三人の黒鍬頭がぜんぶで五百人近くの組下を仕切っていた。

戦乱の世であったころは、治水や土木を担う技能衆として諸侯に重宝され、なかには尾張《おわり》知多《ちた》郡《ごおり》出身の黒鍬衆のように引く手あまたの連中もいたが、次第に価値は薄れ、黒鍬者の誇りも失われていくにつれて、弥一や甚吉のように離反する者も大勢出てくるようになった。

「関八州《かんはっしゅう》を股に掛け、荒っぽく稼いで行方をくらます。それが壊し屋でやす。どっちにしろ、悪党にゃちげえねえ。どうしやす、弥一のやつ」

夜鷹屋の目が光った。

蔵人介はうなずく。

「おぬしに任せよう」

「それなら、ちょいと泳がせておきやしょう。弥一の仲間も芋蔓《いもづる》にしてやりやすぜ。それにしても、檜屋は何であんな吹きっさらしの土地が欲しいんだろうな」

銀次の謎掛けは、蔵人介の頭にも浮かんでいたことだ。

檜屋には、紅屋の土地でなければならない理由がある。

蔵人介は何となく、こたえを摑みかけていた。

八

翌日、蔵人介は串部と手分けして、檜屋平五郎という材木商を調べた。

わかったのは、ここ数年で驚くほど商売を伸ばしていることと、夜な夜な諸藩の留守居《るすい》役たちと宴席を重ねていることだった。

仕事の元請けは宴席の数で決まる、などと豪語する商人もいる。

檜屋が頻繁に会っているのは御用達《ごようたし》になったばかりの相手、近江膳所藩の留守居役であった。

「膳所藩か」

石高六万石、近江では井伊《いい》家に次ぐ譜代の大藩である。

上屋敷は南八丁堀、金四郎と待ち合わせをした合引橋のそばだ。

「遠山さまが殿をお誘いになったのは、何らかの意図がおありだったとしかおもえませぬな」

串部の指摘するとおりだが、ただの偶然かもしれず、真意は本人にたしかめてみるよりほかにない。

ふたりは夕刻から深川へ繰りだし、熊井町の『檜屋』を張りこんだ。

「さきほどから、目障りなやつが彷徨《うろつ》いておりますな」

総髪《そうはつ》に無精髭、垢《あか》じみた着物を纏った大柄の浪人者だ。

勝手気儘《きまま》に店の周囲を歩き、使用人たちに軽口を叩いている。

「用心棒のようだな。ああみえて、隙がない。腕は立ちそうだぞ」

「拙者のみたても同じにござる。にしても檜屋め、商人のくせに用心棒を雇うとは、よほど命が惜しいとみえる」

「そのようだな」

やがて、店の表口に一挺の宝仙寺《ほうせんじ》駕籠がやってきた。

浪人者が駕籠かきに何事かを囁いている。

行き先でも告げているのだろうか。

「どうせ、今宵も『月花楼《げっかろう》』にあがるのでしょう」

串部の調べによれば、門前仲町《もんぜんなかちょう》の一の鳥居を潜ったさきに、檜屋が芸者あがりの妾に任せている茶屋があった。

「『月花楼』から雪を愛《め》でる。いと風雅なり」

そのような風雅な宴席でないことだけはたしかだ。

「相手は膳所藩の留守居役でしょうか」

「たしかめてみねばなるまい」

店の表がざわつきはじめ、太鼓腹を突きだした檜屋平五郎があらわれた。

なるほど、蛇籠の弥一も言っていたとおり、風貌はどことなく鮟鱇に似ている。

「海の底でおとなしくしてりゃいいのに。ありゃ、吊し切りにしても食えそうにありませぬぞ」

いちいち、串部の言うとおりだ。

ふわりと、駕籠が持ちあがった。

先棒が「あん」と鳴きを入れ、後棒が「ほう」と応じる。

先導役は提灯持ちの手代で、用心棒は駕籠脇にしたがった。

「あん、ほう。あん、ほう」

蔵人介と串部はかなり間合いを取りつつ、駕籠尻を追いかける。

たどりついたさきは、何のことはない、門前仲町の『月花楼』だ。

接待される側の相手は遅れて来るはずなので、物陰に隠れて待った。

そして、小半刻《こはんとき》ほど経ったころ、一挺の権門駕籠がやってきた。

供人がふたりおり、大仰に槍持ちまでしたがえている。

穂鞘《ほさや》の家紋は本多家の立葵《たちあおい》、主役は膳所藩の重臣にまちがいない。

権門駕籠から降りてきたのは、頭髪を黒々と染めた皺顔の老臣だった。

光沢のある着物のうえに縮緬《ちりめん》の被布《ひふ》を纏い、腰には派手な拵えの大小を帯びている。

藩主の本多兵部大輔康禎《やすつぐ》が奏者番《そうじゃばん》に任じられていることもあり、重臣たちもそれなりの扮装《いでたち》で出歩かねばならぬのだろう。

「あとは頼んだ」

蔵人介は串部を見張りに残し、茶屋のそばから離れた。

一の鳥居までやってくると、娘のかぼそい売り声が聞こえてくる。

「あわじしまあ、かようちどりのこいのつじうらあ」

遊里を流す辻占《つじうら》の娘だ。

風花が舞うなか、占紙《せんし》の仕込まれた巻煎餅《まきせんべい》を売っている。

足を止める者は、ひとりもいない。

蔵人介は身を寄せ、袖口から小銭を取りだした。

「ひとつ貰おう」

「おありがとう存じます」

娘に巻煎餅を手渡された。

冷たい手だ。

刹那、背後に殺気を感じた。

蔵人介は振りむきざま、目にも止まらぬ捷《はや》さで抜刀する。

「うほっ」

人影が後ろに飛び退いた。

総髪に無精髭、檜屋の番犬にまちがいない。

鋭い眼光で睨みつけ、刀の柄に手を添える。

蔵人介は低く構え、素早く鞘に刀を納めた。

「居合か。なかなかの腕前だな」

「おぬしこそ、よくぞ躱しおった」

浪人は身じろぎもせず、にやりと不敵に笑う。

「わしは上州《じょうしゅう》浪人、江頭《えがしら》新兵衛《しんべえ》。そっちは」

「死にたいと申すなら、名乗ってもよいがな」

「くはは、たいした自信だ。大目付《おおめつけ》配下の隠密か」

「いいや、ちがう」

「ならば、何故、檜屋を尾《つ》けた」

「わかっておったのか」

「あたりまえだ。こういうときのために雇われておる」

「野良犬にしては律儀なやつ。されど、律儀すぎるのも考えものだ」

「何が言いたい」

「足の不自由なおなごを斬ったであろう」

かまを掛けると、江頭は片眉を吊りあげた。

蔵人介は爪先を躙《にじ》りよせ、さらに追いつめる。

「命じられれば、弱い者でも斬りすてる。さような輩を、世間は外道《げどう》と呼ぶ」

「ふん、外道で何が悪い。生きるためには詮無いことよ」

「外道め、白状したな」

「舟饅頭の仇を討つ気か」

「ふむ、それもよかろう」

ずらっと、江頭は刀を抜いた。

肩に降りつもる雪が、死出装束《しでそうぞく》の帷子《かたびら》にもみえる。

「言っておくがな、わしは上州沼田藩《ぬまた》で御留流《おとめ》の師範をしておったのだぞ」

「沼田藩の御留流と申せば、直心影流か、微塵流《みじん》か」

「微塵流のほうさ」

流祖の根岸菟角《ねぎしとかく》は天狗の化身と噂された人物だ。病《やまい》に倒れた師を見捨て、江戸で道場を開いたものの、師の恨みを晴らそうとした兄弟弟子に打ち負かされた。かような流祖の逸話にもかかわらず、一藩の御留流になったのは、剣技が優れていたからにほかならない。

微塵流は「間《ま》を制する剣」とも言われていた。

折身《おりみ》や折敷《おしき》の技を駆使して間合いを詰め、一挙動で確実に相手の急所を突く。

したがって、刀はたいてい短い。

江頭の刀も二尺そこそこの直刀だった。

蔵人介は抜刀せず、さらに爪先を躙りよせる。

「奇遇だな」

若い頃、溜池の江戸見坂上にある沼田藩土岐屋敷の道場に通ったことがあった。

江頭は片眉を吊りあげる。

「ふん、土岐屋敷のほうは直心影流だ。修行の厳しさで言えば、微塵流のほうが上をいく」

「なるほど」

「肉を斬らせて骨を断つ。微塵流は死に身の剣だ」

「何故、沼田藩の師範をやめた」

「やめたのではない。やめさせられたのさ」

あまりに稽古が厳しすぎ、離脱する者が相次いだ。それゆえ、廻国修行に旅立つことにして領内から去ってほしいと、重臣から内々に頼まれたという。

「お払い箱になり、道を外れたわけか。堪忍《かんにん》が足りなかったな」

「黙れ」

気色《けしき》ばむ江頭にたいして、蔵人介は笑いかける。

「檜屋が紅屋の土地を欲しがる理由、それを教えてくれたら名乗ってもよいぞ」

「ふふ、知りたいのはそれか。よかろう。あの世への手土産に教えてつかわす。それはな、お台場《だいば》の普請を請けおうための地均《じなら》しだ」

「お台場の普請だと」

「ああ。砲台一基につき、十五万両の普請らしい。砲台を鉄砲洲から品川沖にかけて二十基築く。しめて、三百万両の大普請さ。あまりに途方もないはなしゆえ、正直、わしにはようわからぬ」

大普請を請けおうためには、沿岸の土地を押さえる必要がある。檜屋は片っ端から買い漁《あさ》るつもりでいるが、なかでも明石町にある紅屋の土地はどうしても欲しいらしい。

「何でも、御門跡からみて艮《うしとら》の鬼門《きもん》にあたっているとかでな」

「艮の鬼門か。檜屋は真宗《しんしゅう》門徒なのか」

「熱心な信者さ。誰よりも勧進をしているはずだ。ふふ、存外に迷信深い男でな、紅屋の土地を押さえて地鎮せねば、地脈を司《つかさど》る龍が暴れだすと信じておる」

「なるほど。されば、膳所藩とはどういう関わりがある」

「膳所藩は公儀より、お台場普請の下調べをせよとの命を内示された。命のなかに三百万両のはなしもふくまれておったのよ。幕府と雄藩が費用を出しあい、異国船を砲撃する砲台を築くのさ」

そのはなしが、膳所藩の留守居役から檜屋に漏れた。

「留守居役の成沢弾正《なるさわだんじょう》は欲の皮の突っぱった野郎でな、お台場の普請に託《かこつ》けて金儲けをしようと企んでおる。眉唾《まゆつば》なはなしだが、はなしの出所はたしかだ。わしもできれば、おこぼれを頂戴しようとおもうてな」

「やめておけ」

「ふん、それだけか。で、おぬしの名は」

「矢背蔵人介。将軍家の毒味役だ」

「鬼役か」

「さよう」

「檜屋を探る理由は問うまい。おぬしにはおぬしの事情があるのだろう」

「賢明だな」

「矢背蔵人介よ。すまぬが、おぬしに勝ち目はない。居合は初手《しょて》で見切った」

江頭は眼前に刀を立て、刀の後ろに身を隠す。

体はややかたむき、柄を握る手は八相よりも低い。

卜傳流《ぼくでん》にある印《いん》の構えに似ていると、蔵人介はおもった。

「まいる」

江頭は撞木《しゅもく》に構えた右足を、つっと滑るように押しだす。

沈んだ。

と、つかのま、ぐんと伸びあがる。

一瞬にして、間合いが詰まった。

「いや……っ」

直刀が突きだされてくる。

——びゅん。

下からも、別の閃光が走った。

つぎの瞬間、蔵人介は刀を鞘に納めている。

抜いていたのだ。

「あれ」

江頭の両腕が、肘のさきからぼそっと落ちる。

輪切りになった斬り口から、鮮血が噴きだした。

「あひぇ……っ」

江頭は眼球を剝きだし、断末魔の悲鳴をあげる。

そして、真っ赤に染まった雪道に側頭を叩きつけた。
四肢が痙攣を繰りかえし、ぴくりとも動かなくなる。
「莫迦め、初手は加減したのだわ」
蔵人介は吐きすて、屍骸に背を向けた。
辻占の娘が両手で顔を覆い、屈みこんでいる。
「すまぬな。恐いおもいをさせてしもうた」
蔵人介は娘の手を取り、一分《ぶ》金を握らせた。
野次馬たちは関わりを避け、遠巻きに眺めている。
茶屋のほうを透かしみても、串部らしき人影はない。
檜屋も、腕の立つ用心棒が斬られたとはおもっていまい。
蔵人介は寒そうに襟を寄せ、虚しい気持ちで歩きはじめる。
悔いても詮無いことだが、またひとつ業《ごう》を背負ってしまった。

九

翌夕、すずしろの銀次は夜鷹のおこんとともに、蛇籠の弥一を尾けていた。

弥一は本所の木賃宿を出て、橋のたもとから小舟を仕立てると、竪川を西に向かって大川に躍りだし、さらに、大川を斜めに突っ切って一気に寒さ橋のたもとまで漕ぎすすんでいった。

銀次はあらかじめ小舟を仕立ててあったので、後れをとることはなく、船頭に船賃を弾んで追ってもらった。

石川島《いしかわじま》を左手にしたあたりから、行き先の予想はついた。

陸にあがった弥一が向かったのは、明石町の『百八助』にほかならない。

権右衛門は順調に快復していたが、紅屋はまだ再開できておらず、紅色の吹き流しもみあたらなかった。

弥一は店のそばで足を止め、表口のよくみえる物陰に身を隠す。

後を尾ける銀次とおこんも、表口と弥一の潜む場所が両方ともみえる物陰に潜んだ。

しばらくして、弥一は樽拾いの小僧をみつけて文を託し、紅屋へ持っていかせた。

小僧に呼ばれて出てきたのは、窶れた様子のおせんである。

手渡された文をひろげ、店先に立ったまま読みはじめた。

読み終わるとそわそわしながら、左右に目を配りだす。

と、そこへ、辻駕籠が一挺やってきた。

あらかじめ迎えの刻限を決められていたのか、表口へ滑るように近づき、先棒が垂れを捲りあげる。

おせんは家のほうを気にして躊躇しつつも、みずから駕籠に乗りこんだ。

様子を窺っていた弥一も駕籠尻を追いはじめ、銀次とおこんは弥一と一定の間合いを保ちながら追いかける。

あきらかに、仕組んだのは弥一だ。

おせんは文を読み、駕籠に乗りこんでしまった。

乗らねばならないことが、文に書かれていたのだろう。

それはおせんを拐かすための方便にちがいないと、銀次は見抜いた。

見抜いた以上、目を離すわけにはいかない。

駕籠の足はおもったよりも速く、万が一のためにと連れてきたおこんが、かえって足手まといに感じられた。

駕籠は鉄砲洲稲荷へ、まっすぐに向かっている。

銀次は不安を抱きつつも、駕籠と弥一から目を離さぬように追いかけた。

駕籠は稲荷社を素通りして京橋川の口へたどりつき、稲荷橋を渡ってまっすぐに行こうとする。

弥一がふと、足を止めた。

稲荷橋のうえで、後ろを振りかえる。

銀次とおこんはさっと身を隠し、どうにかみつからずに済んだ。

一瞬だけ目を離したので焦ったが、辻駕籠はこちらへ戻ってくる。

どうやら、稲荷橋を渡ってまっすぐに進むのではなく、右手の亀島《かめじま》川に架かる橋を渡らねばならなかったらしい。

辻駕籠は弥一の面前で曲がり、橋を渡って霊岸《れいがん》島のほうへ向かった。

銀町《しろがねちょう》のさきから二ノ橋を渡り、塩町《しおちょう》を横切って豊海《とよみ》橋へ進んでいく。

新川《しんかわ》の両岸には酒問屋が軒を並べ、新酒を運ぶ荷船が行き来していた。

駕籠は豊海橋を渡って右手に折れ、賑やかな橋詰めから永代《えいたい》橋へ向かう。

さらに、永代橋を突っ切り、深川の佐賀町《さがちょう》から南の熊井町へと走りつづけた。

熊井町には『檜屋』がある。

だが、辻駕籠は熊井町をも通りすぎ、堀川をふたつばかり越えていく。

健脚自慢の銀次にとっては何ほどのこともないが、夜鷹のおこんはやっとの思いで従いてきた。

気づいてみれば、杏子《あんず》色の夕陽が後ろの大川に沈みかけている。赫奕《かくやく》とした夕陽の欠片が川に溶け、永代橋を深紅に染めあげていた。

だが、銀次に景色を堪能している暇はない。

「鮫ヶ橋坂の元締め、このさきは石置場《いしおきば》でござんすよ」

と、おこんが息を弾ませながら言った。

おこんは本所吉田町の会所に属する夜鷹で、深川七場所と称するこの界隈に詳しい。四十を超えた大年増だが、機転が利いて度胸もあるし、水先案内にはちょうどいいと、吉田町の元締めが太鼓判を押してくれた夜鷹だった。

「石置場にゃ塒《ねぐら》のない連中が屯《たむろ》しておりましてね、あたしらでも容易に近づきゃしませんよ」

駕籠の行きついたさきは、その石置場であった。

暮れなずむ枯れ野には、大きな石がごろごろ転がっている。

石と石の狭間に道がいくつもできており、迷路をかたちづくっていた。

辻駕籠は城の石垣に使うような大石の角をひょいと曲がり、蛇籠の弥一も遅れずに追いかけていく。

銀次は振りむかず、後ろのおこんに命じた。

「すまねえが、おめえは助っ人を呼んできてくれ」

「あいよ、まかせておきな」

おこんの気配が去り、銀次は大石の角へたどりついた。

足を止め、顔を差しだす。

「ん」

閑寂《かんじやく》とした空き地のまんなかに、駕籠だけがぽつんと置いてあった。

石の転がる周囲を眺めまわし、慎重に人の気配を探る。

駕籠かきも弥一もいなかった。

――ごそっ。

動いたのは、駕籠だ。

おせんはまだ、あのなかにいる。

銀次は確信し、そっと足を踏みだした。

全身の毛穴から、嫌な汗が吹きだしてくる。

「ええい、ままよ」

銀次は脱兎のごとく駆けだし、駕籠のそばへ近づいた。

「おい」

ひと声掛け、垂れを捲りあげる。

ぬっと、女の白い顔が差しだされた。

「うっ……お、おめえは」

「おはまだよ。残念だったね」

すっと、煌めく刃が差しだされた。

脇腹に、刃の先端が刺しこまれる。

「くっ」

焼き鏝《ごて》を突っこまれたような痛みが走った。

「このあま」

銀次は裾を捲り、駕籠を蹴倒す。

「ひゃっ」

おはまの悲鳴を背中で聞き、大石のほうに首を捻った。

「誰だ」

人影がひとつ、ゆっくりあらわれた。

ふたつ、三つと、人影は増えていく。

左右にも、後ろにも、うらぶれた風体の男たちがあらわれた。

銀次は匕首《あいくち》が刺さった腹を押さえ、人影のひとつを睨みつける。

「ぬひゃひゃ、鼠が掛かりやがった」

蛇籠の弥一だ。

弟分の甚吉もいる。

のっぽの甚吉は嫌がる女の髪の毛を引っぱり、地べたに引きずってきた。

「……お、おこん」

銀次はふらつきながらも、弥一のほうへ近づいていく。

起きあがったおはまが、後ろから脇を擦りぬけていった。

蛇籠の弥一が怒鳴りあげる。

「腐れ年増が喋ったぜ。おめえさん、夜鷹会所の元締めなんだってなあ」

銀次は横を向き、ぺっと唾を吐いた。

「くそっ、とんだどじを踏んじまったぜ」

「ああ、そうだ。おめえはどじを踏んだ。京橋川の口で稲荷橋を渡ったとき、駕籠をすり替えたのさ。もっとも、あんときは、尾けてくるおめえらに気づかなかった。石橋を叩いておいてよかったぜ」

「夜鷹は放してやってくれ。そいつは何も知らねえ」

「へえ、夜鷹会所の元締めってのは、ずいぶん情にお厚いおひとらしい。でもよ、おれたち壊し屋にゃ通用しねえぜ」

弥一は眸子を光らせ、のっぽの甚吉に顎をしゃくった。

甚吉は腰から山刀《やまがたな》を抜き、おこんの喉首にあてがう。

「やめろ」

銀次が叫ぶや、血飛沫が散った。

哀れなおこんは、襤褸布《ぼろぬの》のように捨てられる。

「……く、くそったれめ」

「ぬへへ、粋がってんじゃねえぞ。誰に頼まれて、おれたちのことを探ってんだ。そいつを喋ってくれたら、今すぐ楽にしてやるぜ」

弥一の声が小さくなり、近づいてきた甚吉やおはまの顔も薄れていく。

すずしろの銀次はがっくり両膝をつき、祈るような恰好で気を失った。

十

おせんは拐かされ、銀次は行方《ゆきがた》知れずとなった。

それがわかったのは、真夜中のことだ。

紅屋の権右衛門から、娘が帰らぬという伝言がもたらされた。

蔵人介はすぐに四谷鮫ヶ橋坂の夜鷹会所に向かってみたが、留守番の者に銀次の不在を告げられた。

皮肉にも近頃は、歌川国貞の描いたおせんの錦絵が巷間で評判になり、どこから聞きつけたのか、奉公先の矢背家にまで物見遊山《ものみゆさん》の連中がやってきたりしていた。

翌日の午後になると、矢背家の面々もおせんが拐かされたことを知った。

鐵太郎は心配でたまらず、築地の『芝蘭堂』で蘭学を学んでいても頭にはいってこない。早々に抜けだし、当て処《あど》もなく歩きはじめた。

たどりついたのは『百八助』のある明石町だ。

店のまえを通りすぎ、寒さ橋から振りかえる。

訪ねる勇気がなかった。

おせんとは、まともに口をきいたこともない。

矢背家の長男だと告げたところで、権右衛門は首をかしげるだけだろう。

戸惑いつつ、小半刻ほど橋のうえに佇んだ。

すると、粋筋の女がひとり、十軒町《じっけんちょう》のほうから紅屋へ近づいてくる。

客かもしれぬとおもったが、それにしては事情ありげな様子だ。
あっと、鐵太郎は合点した。
権右衛門を刺したという後添えの女にちがいない。
女は店先を彷徨《うろつ》き、やがて、あきらめたように背を向けた。
踵を返すかとおもいきや、こっちにやってくる。
鐵太郎は身をひるがえし、欄干に寄りかかった。
女は早歩きで、後ろを通りすぎていく。
どうやら、気づかれずに済んだらしい。
ほっと胸を撫でおろし、遠ざかる女の背中を目で追った。
女はひとつ目の辻を曲がり、ふっとすがたを消す。
消えたとおもったのもつかのま、辻から顔をみせた。
裾をひっからげて白い臑を出し、早駆けに駆けてくる。
鐵太郎は胸をどきどきさせながら、両手で欄干を握りしめた。
通りすぎてくれることを願ったが、女は駆けるのを止めている。
素知らぬふりを装っていると、後ろから白粉《おしろい》の匂いが近づいてきた。
「わたしに何か用かい」

振りむけば、女が上から覗いている。

「あんたは誰だい」

ぞんざいな口調で聞かれ、鐵太郎はひらきなおった。

「そういうあんたこそ、誰だ」

「知りたいのかい。ふふ、わたしはおはま、紅屋の後添いだった女さ。ほら、つぎはあんたの番だよ。侍なら、堂々と名乗ってみな」

「矢背鐵太郎と申す」

「もしかして、おせんの奉公先の若様かい。それなら、ちょいと頼みたいことがある。おまえさん、おせんが拐かされたことをご存じなんだろう。心配で矢も楯《たて》もたまらず、紅屋を訪ねてきたんじゃないのかい。ふふ、図星《ずぼし》のようだね。だったら、なおさら好都合だ。今から紅屋の主人を説いて、沽券状を預かっておいで。ただし、わたしに頼まれたって言うんじゃないよ。沽券状を預かってくることができたら、おせんのところまで案内してあげる」

鐵太郎は迷った。おはまという女は信用できない。だが、言うとおりにしなければ、おせんを救う機会を逃してしまう気もする。

「どうすんだい。やるのか、やらないのか」

「承知した」

鐵太郎は腹を決め、すたすた歩きだした。

おはまが後ろから、いそいそ従いてくる。

紅屋の表口に立ち、後ろを振りかえった。

おはまは物陰に隠れ、目を光らせている。

右手を握り、閉めきられた表戸を敲《たた》いた。

「たのもう、たのもう」

声を張ると、かたわらの潜り戸がひらく。

顔を出したのは、賢そうな若い男だ。

手代かもしれない。

「どちらさまでござりましょう」

怪訝な顔で問われ、鐵太郎はどぎまぎする。

後ろから、権右衛門の声が小さく聞こえた。

「誠七《せいしち》、どなただ」

その声に向かって、大声を張りあげた。

「矢背鐵太郎と申します。お願いの儀があって参上いたしました」

驚いた誠七が、潜り戸の内へ差しまねく。三和土《たたき》に足を踏みいれると、廊下を足早に進む跫音とともに、窶れきった権右衛門がやってきた。

上がり端に正座し、三つ指をついて礼をする。

「これはこれは、矢背さまのところの若様であられますな。いったい、どうなされたのでござります」

鐵太郎は何か言おうとして、顔を真っ赤に染めた。

権右衛門と誠七が、じっとみつめてくる。

腹を決め、声をひっくり返した。

「おせんどのを救いたい。沽券状をお渡し願えぬか」

「えっ」

権右衛門は惚けた顔になる。

意図が理解できないのだ。

鐵太郎は必死に訴えた。

「沽券状さえ敵に渡せば、娘御の命は救われる」

「それはいったい、どういうことでござります。若様はせんを拐かした相手の素姓をご存じなのですか」

「いいや、知らぬ。知らぬが、救う手はある。沽券状を預けてほしい。家作《かさく》よりも娘御のほうがだいじであろう。商売をやりたければ、裸一貫からまたやりなおせばよいではないか」

「されど何故、若様がさようなことを」

「わからぬ。縁かもしれぬ」

「縁でございますか」

「これでも侍の端くれ。鬼役の子でござる。何卒、それがしをご信用いただきたい」

端から眺めれば、ずいぶん乱暴な申し出だが、娘の無事を祈る父親のほうも冷静ではない。正直、藁《わら》にも縋りたい気持ちだった。

鐵太郎が真摯《しんし》に訴えつづけると、権右衛門の瞳に生気が蘇ってきた。

「若様。娘を……せんを、きっと取りもどしていただけるのですね」

「約束する。命に代えても、おせんどのを取りもどしてみせる」

矢のように放たれたひとことが、父親の胸を射抜いた。

「しばし、お待ちを」

権右衛門は奥に引っこみ、だいじそうに文筥《ふみばこ》を抱えて戻ってくる。

「されば、こちらを。百八助の沽券状にございます」

「かたじけない」

鐵太郎は膝を進め、震える手で文筥を受けとった。

権右衛門は両手を伸ばし、痛いほどの力で肩を摑んでくる。

「『命に代えても』ということば、せんに聞かせてやりとう存じます。若様、かならずや、娘をここにお連れくださいませ」

「あいわかった」

ふたりのやりとりを聞きながら、手代の誠七は三和土の隅で感極まっている。

鐵太郎は沽券状のはいった文筥を懐中に仕舞い、深々と頭をさげた。

権右衛門は床に土下座し、額まで擦《こす》りつける。

命のつぎにだいじな沽券状を託されたのだと、鐵太郎はおもった。

潜り戸を抜け、沽券状の重みに耐えながら歯を食いしばり、緊張で強張った足を必死に動かす。

これでよかったのだろうか。

言い知れぬ不安が胸を過ぎっても、今さら引き返すわけにはいかない。

寒さ橋のうえでは、おはまが懐手で待っていた。

「沽券状は」

「預かった」

厳《いか》めしげにうなずくと、おはまは満面の笑みを浮かべた。

「おまえさん、やるじゃないか。まさか、おもいどおりにいくとはね」

「約束を違《たが》えたら、承知せぬぞ」

「ふふ、腰の刀を抜く気かい。やめときな。わたしはもう、血をみたくないんだよ」

おはまは悲しげにうつむき、川の流れに目を移す。

「さあ、行こう。あれに乗るんだ」

橋のたもとには、小舟が繫がれていた。

空はすっきり晴れ、雲が流れている。

もう、後戻りはできない。

鐵太郎はおはまの背につづき、小舟に乗りこんだ。

十一

そのころ、蔵人介はすでに、敵の所在をつきとめていた。

ほとけの伊平《いへい》という者から「深川の石置場に怪しい連中が集まっている」との報せを受けたのだ。

鬢に霜の混じった伊平は、本所吉田町をねじろにする夜鷹会所の元締めだった。すずしろの銀次に助っ人を頼まれて、蛇籠の弥一を捜しあてた男でもある。

「油堀《あぶらぼり》の片隅に、おこんという夜鷹の屍骸が捨てられておりやした。可哀相に、喉を搔っ切られてね。きっと、やつらの仕業にちげえねえ。壊し屋でやすよ」

伊平は恨みの籠もった口調で言い、みずから先導役になることを申しでた。

蔵人介と従者の串部は比丘尼橋から小舟に乗り、京橋川を軽快に漕ぎすすんで鉄砲洲の口から大川へ躍りだしたところだ。

舳先《へさき》には伊平が座っている。

「拐かされた娘も、石置場のどこかにいるはずだ。まだ死んじゃいねえ。紅屋の沽券状が手にへえるまでは、生かしておくはずでさあ」

どうしてこうなってしまったのか。

敵を焦らせたのは、檜屋の用心棒を斬ったせいかもしれぬと、蔵人介はおもった。檜屋は警戒を強め、一刻も早く紅屋の沽券状を奪うべく、蛇籠の弥一に拐かしという卑劣な手段を講じさせたのだ。

「銀次の安否も心配えだ。あっしにとっちゃ、じつの息子みてえなやつでしてね、生きててくれりゃいいんだが」

伊平の気持ちは、蔵人介のものでもある。

銀次を巻きこんだことが、悔やまれてならなかった。

さきほどまで晴れていた空は掻き曇り、川面は鉛色に沈んでいく。

舟は対岸の熊井町に達すると岸辺に沿って進み、忍《おし》藩の蔵屋敷との狭間に流れる堀川に吸いこまれていった。

橋をふたつほど越えれば、大きな石の転がる石置場へたどりつく。

すぐそばの桟橋では、人相の悪い連中が睨みを利かせていた。

「やつらだ」

伊平は船頭に命じて桟橋を素通りさせ、堀川に沿ってしばらく漕ぎすすむ。

さらに、突きあたって鋭角に曲がり、黒船《くろふね》橋の桟橋から陸にあがった。

土手のうえに、白塗りの夜鷹が佇んでいる。

名はおすみ。

殺されたおこんの姉だと紹介され、蔵人介は切ない気持ちにさせられた。

「石置場の様子はわかったか」

伊平に問われ、おすみはしっかりとした口調で応じる。

「大勢集まっておりますよ。たぶん、三十は下るまいかと。鉈《なた》だの斧《おの》だの、物騒な得物を携えた連中でござんす」

「拐かされた娘と銀次の行方は」

「桟橋から半丁ほどのところに、掘っ建て小屋がござんす。見張りもふたりついておりますし、そこかもしれません」

「よし、小屋のそばまで案内してくれ」

おすみはうなずき、気配もなく歩きはじめた。

まるで、足のない幽霊のようだ。

石置場の裏手からまわりこみ、小屋を見下ろす高台までやってくる。

俯瞰《ふかん》すると、石置場は小高い土手にぐるりと三方を囲まれており、大きな擂《す》り鉢《ばち》のようなかたちをしているのがわかった。

伊平が溜息を漏らす。

「なるほど、見張りがふたりいやがる。おすみの言ったとおりだな。矢背さま、どういたしやしょう」

「あの小屋に誰がいるのか、それをたしかめるのが先決だな」

「わたしがまいります。見張りを誑《たら》しこんでみせます」

おすみのことばに、伊平は首を強く振る。

「いいや、だめだ。そいつは危ねえ。連中は夜鷹も警戒しているはずだからな」

「だったら、どうすれば」

妙案も浮かばぬまま、小半刻ほど過ぎた。

空はいっそう暗くなり、石置場は夕暮れのようになる。

やがて、小屋のそばに「壊し屋」たちが集まってきた。

先導しているのは、蛇籠の弥一とのっぽの甚吉である。

荒くれどものあいだから、紅一点のおはまがあらわれた。

すぐ後ろに、月代を蒼々《あおあお》と剃った若侍をしたがえている。

「あっ」

串部がおもわず、声をあげた。

蔵人介は驚きすぎて、声も出せない。

若侍は、鐵太郎にほかならなかった。

「何故、若があんなところに」

乗りだそうとする串部の肩を、蔵人介が押さえる。

おはまのよく通る声が、土手のうえまで聞こえてきたのだ。

「おまえさん、おせんを放しておやり。じつはね、紅屋から沽券状を預かってきたんだよ」

「何だって」

弥一は声をひっくり返し、おはまを睨みつける。

おはまは怯まず、堂々と胸を張って言い返した。

「沽券状さえ手にはいれば、おせんの役目は終わりだろう。帰してやんなよ」

「ほへえ、般若《はんにゃ》のおめえに、そんな仏心《ほとけごころ》があったとはな。いってえ、どういう風の吹きまわしだ」

「もうこれ以上、血をみたくないんだよ」

「紅屋を刺したやつがよく言うぜ。それよか、その若えのは誰なんだ」

「沽券状を預かってきてくれたおひとさ。おせんの奉公先の若様でね、このひとにや指一本触れさせやしないよ」

「おはまよ、おめえ、どうなっちまったんだ。おれがどういう男か、おめえがいっちよくわかってんだろう」

「変わってほしいんだよ。まっとうな人間にね」

重い沈黙が流れ、弥一が笑いだす。

「ぬひぇひぇ、まあいいや。沽券状を寄こしな」

「おせんを放すのがさきだよ」

おはまは裾を捲《まく》り、懐中に呑んだ匕首《あいくち》を握る。

「莫迦か、おめえは。おれは紅屋とちがうんだぜ。おめえなんぞに刺されるわけがねえだろう」

「ああ、わかっているさ。ちゃんと手は打ってある。わたしの客に町方の同心がいたのをおぼえてんだろう」

「おれが美人局《つつもたせ》を仕掛けさせた相手じゃねえか」

「そうさ。あいつとは切れていなくてね、こちらの若様が刻限までに戻らなかったら、橋向こうから捕り方を引きつれてくることになってんのさ」

「はったりだな。般若のおはまが町方とつるむわけがねえ」

「嘘じゃないよ。永代橋の西詰めに行きゃわかる。さあ、おせんをここに連れてきな」

おはまに凄まれ、弥一は甚吉に顎をしゃくる。

のっぽの甚吉は小屋の扉を開け、汚れた振袖を着た娘を連れてきた。

おせんだ。まちがいない。

串部が囁きかけてくる。

「斬りこみますか」

「いいや、まだだ」

と、蔵人介はこたえる。

弥一のそばへ、おせんが連れてこられた。

足は縺《もつ》れているが、歩けないほどではない。

「おせんどの、平気か」

鐵太郎が声を掛けると、おせんは力無くうなずいた。

弥一が怒鳴りつける。

「おはま、沽券状を寄こせ」

「おせんがさきだよ」

「ふん、どうせ、逃げられやしねえんだ」

おせんは解きはなたれ、鐵太郎のもとに走る。

鐡太郎はおせんを抱きとめ、おはまをみた。

「さあ、お行き。あんたらに、もう用はない」

鐵太郎はおせんの肩を抱き、おはまをみた。

おはまはふたりが離れたのをたしかめ、懐中から文筥を取りだした。

弥一が大股で近づき、文筥を引ったくる。

箱を捨てて書状をひらき、ざっと目を通した。

「へへ、こいつが欲しかったんだ。これで檜屋にでけえ面ができる。おはま、でかしたな。もっとそばに来い」

言うとおりにしたおはまが「うっ」と声を漏らす。

弥一の手には、きらりと光るものが握られていた。

「おれは裏切り者を許さねえ。んなことは、おめえがいっちわかってたはずだ」

おはまは血を吐き、弥一の袖に縋るようにくずおれる。

「あのふたりを連れもどせ」

弥一が叫ぶや、荒くれどもが一斉に動いた。

十二

今だ。

蔵人介は、土手のうえから身を躍らせる。

串部も吼《ほ》えあげ、逆落としに駆けおりた。

「ぬわああ」

途中でふたりは左右に分かれ、蔵人介は桟橋をめざし、串部は弥一と甚吉のほうへ迫っていく。

「うわっ、何だおめえら」

弥一は狼狽《うろた》えつつも、気の荒い連中をけしかけた。

「捕り方じゃねえぞ。ひとり残らず、殺っちまえ」

蔵人介も声を張りあげる。

「串部、命までは獲るな」

「はっ、承知いたしました」

得物を手にした連中が群がってきた。

が、串部の敵ではない。

たちどころに、三人が峰打ちにされた。

「逃げるな。大勢で取りかこめ」

後ろで弥一は怒鳴りあげ、匕首を振りあげて威勢をしめす。

一方、蔵人介は息も切らさずに駆けつづけ、鐵太郎とおせんに追いすがる男たちに打ちかかった。

すぐさま、ふたりを峰打ちで仕留めたが、先行するひとりだけは逃してしまう。

手斧を握った大男だ。

地べたを蹴りあげ、鐵太郎の背中に襲いかかっていく。

「鐵太郎、行ったぞ」

蔵人介が叫びかけるや、鐵太郎はおせんを背に庇い、刀を抜きはなった。

――がっ。

刃で斧を受けとめたが、膂力《りょりょく》では相手に敵わない。

どすんと、尻餅をついた。

相手は離れず、上から乗りかかってくる。

ぐぐっと押しこめられ、手斧の刃が額に触れた。

「南無三《なむさん》」

刹那《せつな》、男は白目を剝き、上から覆いかぶさってくる。

鐵太郎は潰れ蛙よろしく、手足をばたつかせた。

蔵人介が男の襟首を摑み、易々と除《の》けてくれる。

恐い目で睨まれた。

「何でおぬしがここにおる」

おせんがみているせいか、父親の厳しい問いかけにも動じない。

「成りゆきにござります」

鐵太郎は平然と応じてみせた。

背後から、鉈を握った別の男が襲いかかってくる。

蔵人介は振りむきもせず、無造作に男の眉間を割った。

「ひゃっ」

おせんが屈み、手で顔を覆う。

「案ずるな。峰打ちだ。鐵太郎、桟橋で待っておれ」

「はっ」

鐵太郎はおせんの肩を抱きおこし、足早に離れていく。

振りむけば、串部は塵芥《じんかい》のただなかにいた。

だが、助っ人におよぶまでもない。

柳剛《りゅうごう》流の手練《てだれ》にとって、膂力頼みの連中など赤子の手を捻るようなものだ。

しかも、半数以上は捕り方の影を恐れて、黒船橋のほうへ逃げてしまった。

蔵人介が駆けよせるころには、怪我人の呻き声がそこらじゅうに溢《あふ》れ、残る敵は弥一と甚吉のふたりだけになっていた。

「……な、何なんだ、おめえらは」

弥一は声を震わせる。

蔵人介は刀を仕舞い、三白眼に睨みつけた。

「矢背蔵人介、それがわしの名だ」

「……お、おせんが奉公してた旗本じゃねえか。天下のお旗本が、父子揃って奉公人の娘を救うだと。そんなはなし、聞いたこともねえぜ」

「世の中には、おぬしの知らぬこともある。さあ、はなしは仕舞いだ。おぬしらだけは生かしておくわけにいかぬ」

串部ともども、じりっと爪先を躙りよせる。

と、そのとき、土手のうえから嗄《しゃが》れた声が響いた。

「鬼役の旦那、待ってくれ」

ほとけの伊平だ。

首を捻りあげると、石置場をぐるりと囲む土手のうえから、殺気を帯びた大勢の人影が見下ろしている。

夜鷹たちだ。

伊平が叫んだ。

「旦那、ふたりの始末は、こいつらに任せちゃくれやせんか」

拒む理由はない。

蔵人介と串部は後退った。

「うわああ」

夜鷹たちが喊声《かんせい》をあげ、雪崩《なだれ》を打つように駆けおりてくる。

その数と迫力に圧倒され、弥一と甚吉は声を失ってしまった。

手に手に石や棒切れを持った夜鷹たちを率いるのは、おすみという殺された夜鷹の姉だ。

「覚悟するんだね」

おすみの合図で、夜鷹たちは輪を狭めていった。

「……か、堪忍してくれ。このとおりだ」

のっぽの甚吉は刃物を捨て、頭を抱えて蹲る。

一方、弥一は四肢を震わせ、手にした匕首を掲げた。

「こんちくしょうめ」

闇雲《やみくも》に突っこむや、夜鷹たちの黒い渦に呑みこまれてしまう。

黒い渦は地を覆い、甚吉にも襲いかかっていった。

「ひゃああ」

蔵人介は、断末魔の叫びに背を向ける。

つぎの瞬間、顔にぱっと光が射した。

掘っ建て小屋の隙間から、誰かが腹這いになってこちらをみつめている。

すずしろの銀次だ。

瀕死の重傷を負ってはいるが、ちゃんとまだ生きていた。

蔵人介は駆けより、うつぶせになった銀次の肩を抱き起こす。

「おい、しっかりしろ」

「……だ、旦那、すまねえ。どじ踏んじまった」

「何を申すか。謝りたいのは、こっちのほうだ。よう、生きててくれたな」

串部が外した小屋の戸板のうえに、銀次のからだをそっと乗せた。

夜鷹たちの仕置きは終わり、石置場は静寂に包まれている。

蔵人介が前になり、串部が後ろになって戸板を持ちあげた。

伊平や夜鷹たちに見守られながら、銀次は戸板で運ばれていく。

向かうさきの桟橋では、鐵太郎とおせんが必死に手を振っている。

蔵人介の胸中には、理不尽な世の中への新たな怒りが湧いていた。

阿漕な金持ちは私利私欲のために、弱い者を平気で踏み台にする。

世の中には、どれだけ悪事をはたらいても裁かれない連中がいるのだ。

断じて許さぬ。

そんな連中の好き勝手にさせておくわけにはいかぬ。

「……だ、旦那」

戸板のうえから、銀次が喋りかけてきた。

「……きょ、矜持《きょうじ》ってのは、侍えだけのもんじゃねえ」

「ああ、わかっておるさ」

どぶ川のそばの暗がりで必死に生きる夜鷹たちも、侍と同じ矜持を胸に秘めている。

それをわからぬやつらが許せぬのだと、蔵人介は背中でこたえてやった。

十三

翌十三日は煤払《すすはら》い、千代田城でも幕臣たちが頬被りをし、一年の塵《ちり》を払う煤払いがおこなわれた。

夜は恒例の精進落とし、侍も町人も身の丈にあった宴に足を延ばす。

蔵人介は朝のうちに仕掛けを済ませ、深川門前仲町の茶屋『月花楼』に、膳所藩留守居役の成沢弾正と材木問屋の檜屋平五郎を呼びつけた。

両者が見も知らぬ相手の誘いに乗ったのは、何者かに蛇籠の弥一が紅屋の沽券状を入手できなかったと知らされたからだ。それと同時に『百八助』の権右衛門から、沽券状を直に売りたいので代理人に会ってほしいとの要請があり、しかも、取引に指定された茶屋が勝手を知る『月花楼』だったので、会ってみることにしたのだ。

蔵人介は単身で先乗りし、檜屋の定めた二階の一室で待った。

おもったとおり、ごたいそうなつくりの部屋なので、天井には太い梁《はり》が通っている。

しかも、左右の白壁には容易に外すことのできる細工がほどこされ、壁の向こうは武者隠しになっているようだった。

蔵人介の目をごまかすことはできない。

――ごおん。

約束の酉《とり》ノ六つ半。

時の鐘が鳴り終わったころ、まずは檜屋平五郎があらわれた。

醜い鮟鱇顔に太鼓腹、いつもどおりの横柄《おうへい》な態度で上座の脇に座る。

蔵人介は下座に控え、留守居役の成沢弾正のために上座を空けておいた。

檜屋が喋りかけてくる。

「成沢さまがお越しになるまえに、はなしを済ませておきましょう。失礼ながら、どちらさまで」

「将軍家毒味役、矢背蔵人介と申す者だ」

「もしや、紅屋の娘が奉公にあがったさきのお旗本であられる」

「さよう。『百八助』のご主人には、ご信頼いただいておる」

「なるほど、そうしたご縁から代理人をお受けになられたわけで。得心《とくしん》いたしました。さっそくではございますが、沽券状はお持ちになられましたか」

「おぬしの座った座布団の下に挟んでおいた」

「何と」

檜屋は座布団から飛び退き、下に挟んである書状を慎重に抜きとった。

「戯れ言が過ぎまするぞ」

「まあ、よいではないか。本物か否か、たしかめてみよ」

「されば」

檜屋は書状をひらき、じっくり目を通す。

そして、うなずいた。

「たしかに、本物でござります」

「さようか。ならば、返してもらおう」

「はあ」

檜屋は不服そうにしながらも、立ちあがって身を寄せた。

そして、沽券状を戻すとみせかけ、上から喋りかけてくる。

「お毒味役の役料はたしか、二百俵にござりましたな」

「それがどうした」

「じつを申せば、手前の蔵に新米が一千俵ほど余ってござります。このまま手ぶらでお帰りいただければ、一千の俵が尽きるまで、毎月、ご指定のぶんずつ御屋敷にお運びいたしましょう」

「つまり、四百両ぶんの米でわしを黙らせるつもりか」

「足りませぬか」

「紅屋はどうなる」

「どうとでも、なればよろしい。これは矢背さまと檜屋の取引にござります」

「おぬしの申し出を呑めば、紅屋の信頼を踏みにじることになる。わしにも侍の沽券というものがあってな、腐れ商人の誘いに易々と乗るわけにはいかぬ」

「腐れ商人とはまた、きついおことばでござりますな」

檜屋は不敵に笑い、魚臭い息を吐きかけてきた。

「されば、矢背さまの沽券、おいくらにござりましょう」

「言い値で買うと申すのか」

「ためしに仰ってくだされ」

わずかな沈黙ののち、蔵人介は口をひらいた。

「三百万両。砲台二十基ぶんの普請代だ」

ごくっと、檜屋は息を呑む。

そこへ、人の気配が立った。

後ろの襖障子が開き、皺顔の成沢弾正があらわれる。

何と、右手に朱柄の素槍を提げていた。

肩を怒らせながら部屋を突っ切り、上座にどっかり腰をおろす。

と、同時に、左右の武者隠しにひとつずつ、殺気を帯びた者の気配が忍びこんだ。

檜屋は沽券状を手にしながら、愛想笑いを浮かべる。

「成沢さま、どうにも、はなしがこじれてしまいました」

「ふん、わしが言ったとおりではないか」

「いかがいたしましょう」

「その者の素姓は」

「吹けば飛ぶような毒味役にござります。金の匂いを嗅ぎつけて、甘い汁を吸いにまいったのでござりましょう」

「ところが、欲を掻きすぎた。檜屋の申し出を呑んでおれば、死なずに済んだものを」

蔵人介は座ったまま、上座をぎろりと睨みつける。

「たいした自信だな」

喋りかけると、成沢が庇《ひさし》のような白眉を震わせた。

「六万石の留守居役を舐めるでないぞ。槍の成沢弾正と申せば、領内でも知らぬ者はおらぬ」

片膝立ちになり、どんと畳を踏みつける。

これを合図に、左右の壁が同時に破られた。

鎖鉢巻の供人がふたり、どっと躍りでてくる。

蔵人介はこのとき、座布団の下に手を突っこんでいた。

隠していた鎖鎌を取りだすや、鋭利な先端を檜屋の脹《ふく》ら脛《はぎ》に突きさす。

「ぬぎゃ……っ」

鎌の柄には七尺余りの鎖分銅が付いていた。

蔵人介は分銅を天井めがけて投げ、梁の上に通してみせる。

さらに、落ちてきた分銅を受けるや、はっとばかりに立ちあがった。

左手には刀を鞘ごと握り、右手には鉄鎖を握って肩に担ぎ、何をするかとおもえば、後ろの仕切りまで猛然と駆けていく。

「ひゃああ」

脹ら脛を鎌に引っかけられたまま、檜屋が逆さになって天井からぶらさがった。

蔵人介は鎖の端を桟に打ちつけ、杭でしっかり止める。

文字どおり、できたのは鮟鱇の逆さ吊りだ。

成沢と供人ふたりは、呆気に取られている。

正直、何が起こったのか、すぐには把握できずにいた。

蔵人介とのあいだには、肥えた檜屋がぶらさがっている。

肉のかたまりが邪魔で、容易に斬りつけることができない。

「ひぇええ、ふぇえええ」

檜屋は泣き喚《わめ》いている。

「うるさい、黙れ」

成沢は素槍を旋回させ、石突《いしづき》で鮟鱇の鳩尾を突いた。

肥えた商人は気を失って静まり、左右に大きく揺れる。

その狭間から、供人がひとり飛びだしてきた。

「うりゃっ」

蔵人介は鋭い突きを躱し、抜き際の一刀で相手の脾腹《ひばら》を掻く。

「ぬぎぇっ」

揺れる鮟鱇を巧みに避けて前へ進み、ふたり目の供人と対峙した。

「しぇっ」

斜《はす》に躱した相手の一刀が、後ろの鮟鱇を撫で斬りにする。

「ひゃっ」

檜屋は覚醒し、四肢をばたつかせた。

脹ら脛に鎌刃が食いこみ、ふたたび、痛みで失神する。

つぎの瞬間、蔵人介の刀は供人を逆袈裟に斬っていた。

「ぎひぇっ」

返り血を避けて反転するや、成沢の素槍が鼻先へ突きだされる。

鬢一寸で躱すと、素槍の先端が後ろに抜け、檜屋の腹に刺さった。

「くっ」

容易には抜けない。

穂先は分厚い脂《あぶら》に搦《から》めとられている。

「南無《なむ》八幡《はちまん》」

蔵人介は富岡八幡宮の加護を願い、低い姿勢で踏みこんだ。

――びゅん。

紫電《しでん》一閃、愛刀国次を薙ぎあげる。

「ひょっ」
成沢弾正の皺首が飛んだ。
頭蓋《ずがい》は天井に激突し、畳に落ちて鞠《まり》のように弾む。
首無し胴は海老反りになり、床の間に倒れていった。
吊された鮟鱇は、すでに、息をしていない。
壮絶な剣戟《けんげき》であったにもかかわらず、見世の者はひとりも覗きにこなかった。

ここは檜屋の見世だ。あらかじめ蔵人介を葬ることを想定し、寄りつかぬように
と見世の連中にふくんでおいたのだろう。だが、上等な客間が血の池になろうとは、
誰ひとり想像できなかったにちがいない。
蔵人介は廊下の窓から出て軒を伝い、抜け裏のある脇道へ逃れた。
一の鳥居まで点々とつづく足跡は、音もなく降る雪に隠されてしまう。
からだの芯まで凍りつくほどの夜であったが、蔵人介はびっしょり汗を掻いてい
た。

十四

師走の半ばすぎから大晦日《おおみそか》にいたるまで、富岡八幡宮や浅草の浅草寺《せんそうじ》では正月飾りや縁起物を売る歳《とし》の市が催される。寺社の参道が人の波に覆いつくされるなか、矢背家の面々は屋形船に乗り、のんびりと墨堤《ぼくてい》の雪景色を楽しんでいた。

大きな屋形船は紅屋が感謝を込めて仕立てたもので、主人の権右衛門と娘のおせんも乗っている。夜鷹会所の銀次と伊平も揃い踏みで乗り、なぜか、遊び人の金四郎と三味線を携えたおたまも便乗していた。

蔵人介と串部以外は、金四郎の正体を知らない。

金四郎はどうやら、権右衛門の古い知りあいらしかった。

やはり、南八丁堀の鮟鱇屋に招かれたのは偶然ではなかった。悪党の正体を熟知した勘定奉行の掌のうえで踊らされたのだと勘ぐっても、悪党を成敗した今となってはどうでもよいことだし、金四郎も話題にしなかった。

「年の瀬をこんなふうにのんびり過ごせるとは、おもってもみませんでしたよ」

志乃は幸恵とうなずきあい、権右衛門に向かって感謝の気持ちを伝えている。

一行は長命寺《ちょうめいじ》や三囲《みめぐり》稲荷の雪景色を楽しみ、起点となった柳橋へ戻ってきた。冬日和《びより》で空は晴れわたり、都鳥の群れが縦横無尽に飛んでいる。水を満々と湛《たた》えた大川には、釣り人のすがたもちらほらみえた。

鐵太郎は口数が少ない。

このたびの活躍を志乃と幸恵は知らず、蔵人介も敢えて言う気はなかった。鐵太郎の淡い恋情を察しているからだ。好意を抱く相手だからこそ、救いたいという気持ちが燃えあがった。あれほど必死になったのは、おせんのことを憎からずおもっているからだ。

そのことで志乃や幸恵に軟弱の誹《そし》りを受けるのではないかと、鐵太郎はおもいこんでいる。

おせんと目を合わせぬのも、おそらくはそのせいだ。

抱いた肩の柔らかい感触は、今でも手にはっきりと残っている。「ありがとう」と言われたときの嬉しさも、手を繋いだときに感じたときめきも、色褪《いろあ》せてしまうことはなかった。

できるならば、自分の口で恋情を伝えたい。

だが、侍の子という重い足枷《あしかせ》が口を噤《つぐ》ませてしまう。

おせんはおろか、権右衛門からはなしかけられても、鐡太郎はまともに返事すらできずにいた。

蔵人介はみかねて、ほかの者に聞こえないように囁きかけた。

「鐡太郎、権右衛門どのに聞いたぞ。命に代えても、おせんどのを取りもどしてみせると言ったそうだな。おぬしは、見事に約束を果たしたではないか。もっと、嬉しそうにしたらどうだ」

「えっ」

蔵人介に優しいことばを掛けられたことが、鐡太郎には意外なようだった。

「されどな、おぬしのことばは、おせんどのに伝わっておらぬそうだ。伝われば、おせんどのの気持ちが揺れてしまう。身分のちがう相手に心を奪われても、本人が不幸になるだけだ。権右衛門どのは父親として、そのことを懸念されたのであろう」

鐡太郎は首をかしげ、蔵人介に言われたことばの意味を探った。

屋形船は柳橋を通りすぎ、新大橋も潜りぬけて永代橋に向かっている。

蔵人介は顔を近づけ、さらに、声を落とした。

「侍の子が『命に代えても』ということばを、おなごに向けて易々と使ってはならぬ。それはな、嫁に娶《めと》る相手に使うことばだ」
「はい」
鐵太郎は顔を真っ赤に染め、消えいるような声を漏らす。
船はいつのまにか、永代橋を遥か後方に置いていた。
左手の後ろには、佃島が浮かんでいる。
右手の岸辺は、船松町《ふなまつちょう》から十軒町の辺りだ。
やがて、明石町の一角に、紅色の吹き流しがみえてきた。
吹き流しは海風を孕《はら》んで、威勢良くはためいている。
岸辺に立った人物が、大きく両手を振っていた。
「おおい、おおい」
男前の若い町人だ。
鐵太郎も会ったことがある。
名はたしか、誠七。
誠実の誠に七と書く。
権右衛門が何かと頼りにしている『百八助』の手代だ。
誠七に向かって、おせんも懸命に手を振っている。

「おおい、おおい」

ふたりの様子を、権右衛門は温かい目でみつめていた。

鐵太郎はおもわず、おせんから目を背ける。

最初から、叶わぬ恋であったのかもしれない。

権右衛門が鐵太郎のことばを伝えなかったのは、娘心を惑わせたくない親心でもあったのだ。


船に乗る誰もが、船と岸で手を振るふたりをみて、誠七がおせんの婿養子に迎えられて紅屋を継ぐのだろうとおもった。おせんというしっかり者が店にいるかぎり、明石町から『百八助』の吹き流しが消えることはあるまい。

寒さ橋のうえをみれば、節季候《せきぞろ》たちが剽軽《ひょうきん》な踊りを披露している。

耳を澄ませば、露地裏から引きずり餅を搗《つ》く音も聞こえてきた。

「師走だな」

蔵人介は、しみじみ言う。

船にのんびり揺られていると、過ぎゆく年を惜しみたくなった。

「恋に焦がれて鳴く蟬《せみ》よりも、鳴かぬ蛍が身を焦がす」

金四郎の口ずさむ都々逸は、哀愁を誘わずにはいられない。

辛気《しんき》臭い空気を払うかのように、おたまが三味線を掻き鳴らした。

悪党に折られた右手の薬指は治りきっていないものの、ばち捌きの巧みさはあいかわらずだ。

金四郎も串部も都々逸を唄い、志乃までが陽気に手踊りを踊りだす。

ひとり鐵太郎だけは悲しげに、凪ぎわたった川面をみつめていた。

屋形船はわずかに揺れながら、のたりのたりと進んでいく。

蔵人介は恋の痛手を知った息子のそばを、気づかれぬようにそっと離れた。

世直し鳥

一

千代田城中奥《なかおく》、笹之間《ささのま》。

年が明けた。鬼役に初日の出を拝む暇はない。

公方《くぼう》家慶は夜明けとともに御休息之間《おきゅうそくのま》上段で目覚め、一刻ののちには朝餉《あさげ》を食す。

一の膳の懸盤《かけばん》には白米と汁、白魚《しらうお》や鯛《たい》のお造りに伊勢海老などの煮物、蒲鉾《かまぼこ》などの各種置合わせや香《こう》の物が供され、二の膳には鶏卵や鱚《きす》の焼き物などが並べられる。

元旦なので甲州《こうしゅう》梅と昆布一片を入れた福茶を呑み、疫病《えきびょう》を避けるために屠蘇《とそ》も呑む。

屠蘇は口を濡らす程度だが、上戸《じょうご》の家慶はそのあとに朝酒を呑む。猪口《ちょく》にはいつも、烏賊《いか》、このわた、渋うるめといった塩辛が用意され、なかでも鮎《あゆ》のはらわたを塩辛にした渋うるめは、家慶の好物であった。

また、元旦に欠かせない吸い物としては、徳川家の運を開いた吉例の「兎羹《とこう》」が供される。

暮れに上総《かずさ》国貝淵《かいぶち》藩から献上された兎の肉を、あつものの汁に仕立てたものだ。老中と若年寄《わかどしより》と大目付も相伴《しょうばん》に与るが、そちらの毒味は蔵人介の役目ではない。家慶が啜るころには冷めているにもかかわらず、毒味の際には湯気の立った熱々の椀で出される。

これを蔵人介はさりげなく、口にふくまねばならない。

汁をふうふう吹いたり、ずるっと啜ってはならず、あつものの毒味は魚の骨取りと同様にかなりの経験を要した。

どうやっているのだろうかと、対座する相番の祖父江彦三《そぶえひこぞう》は身を乗りだしている。昨秋に小普請《こぶしん》組から移った祖父江には、あつものを平然と口にふくむのが信じられない。「唇と舌が火傷《やけど》するのに」と漏らし、不思議そうに首をかしげた。

蔵人介は左手で椀を取り、右手に持った懐紙で鼻と口を隠す。

懐紙を使うのは作法のひとつで、物を咀嚼《そしゃく》する口許をみせぬようにするためだ。じつはこのとき、懐紙の一部を水で濡らしておく。濡れた懐紙を口に当ててから、あつものをふくめば、唇は火傷を免れる。汁をふくんでからは、舌を上手に使って掻きまわす。ある程度口のなかで冷ましてから、喉へ少しずつ流しこむのだ。

蔵人介は椀をことりと置き、新しい白木の箸を右手に取った。

椀を置いたまま、つみれにした兎の肉を箸で一片だけ摘《つま》み、懐紙で隠した口許へ持っていく。

こうした所作《しょさ》をいかに素早く的確におこなってみせるかが、鬼役の腕のみせどころだった。しかも、蔵人介は毒味の最中、瞬《まばた》きひとつしない。髪の毛は言うにおよばず、睫毛《まつげ》の一本でも膳に落ちたら叱責《しっせき》どころでは済まされぬからだ。

祖父江は自分で吸い物の毒味をしたかのように、ほっと安堵の溜息を吐く。

真鯛の尾頭付きのときもそうだ。蔵人介は鯛のかたちを保ったままで身をほぐし、頭、尾、鰭の形状を変えずに骨を抜きとることができる。

これは熟練を要する至難の業《わざ》で、鬼役の鬼門とされていた。

祖父江は額に汗を滲ませて注視し、蔵人介が無事に骨取りを済ませたときは嬰《みどり》児《ご》を産みおとした母親のような顔をしてみせた。

やがて、小納戸《こなんど》方の手によって膳が下げられ、蔵人介は滞りなく役目を終えた。

参賀の儀まで一刻ほどの猶予があるせいか、祖父江は気楽に世間話をしはじめる。

「矢背どのはご存じか。暮れに独り者の納戸同心三人が神楽坂赤城明神《あかぎみょうじん》裏の岡場所へ繰りだし、酔った勢いで女郎相手に乱暴狼藉《らんぼうろうぜき》をはたらいたそうな。通常であれば女郎と抱え主が泣き寝入りさせられ、表沙汰にはならぬはなしでござる。ところが、こうして城中でも噂になり、三人は御役御免《おやくごめん》とあいなり申した」

納戸方は公方の御入用金を使って、衣服や調度品《ちょうど》を調達する。納戸頭のもとにふたりの組頭がおり、組頭のもとに二十五人からの納戸方が配されていた。納戸同心はさらにその組下にあって、数十人が交替で調達された物品の見張りをおこなっている。

若手の納戸同心三人が御役御免になった噂は、蔵人介も小耳に挟んでいた。

「三人とも何者かに木刀で叩きつけられ、腕や脚の骨を折る大怪我を負ったとか。そのこと、お聞きになられたか」

「いいえ、初耳でござるな」

「酒に酔っていたとは申せ、納戸同心三人を瞬きのうちに叩きのめしたとなれば、かなりの手練に相違ない。何とそやつ、烏天狗の面を付けて顔を隠しておったとか。

巷間には『世直し烏』などと、持ちあげる連中もおるそうで」

「世直し烏でござるか」

暮れのあいだに、同様のことが別のところでもおこなわれた。叩きのめされたのが侍のときもあれば、地廻りの破落戸《ごろつき》どものときもあったという。

「いずれも烏天狗の面を付けた者があらわれ、木刀を華麗に振りまわしてみせたとか。助けられた者たちは烏天狗を拝む始末、巷間ではたいそうな人気を博しておるようでござる」

新年の到来を告げる明け烏の鳴き声を聞くまえに、喋り好きの相番から世直し烏のはなしを聞かされるとはおもわなかった。

厠《かわや》へ用達《ようたし》にでも行こうと部屋を出れば、廊下を坊主頭の同朋衆《どうぼうしゅう》が走りまわっていた。

将軍への拝賀は元日だけに留まらず、三日間掛けて盛大におこなわれる。元日は将軍世嗣と色とりどりの直垂《ひたたれ》を纏った御三卿御三家をはじめ、加賀前田《かがまえだ》家などの大大名や狩衣《かりぎぬ》を纏った老中以下の譜代大名が拝賀する。二日は大紋《だいもん》を纏った国持大名たちが顔をみせ、三日は布衣《ほい》を纏った旗本など無位無官の者や、井伊、榊原《さかきばら》、奥平《おくだいら》三家の家老たちが訪れ、市井からは町年寄《まちどしより》たちが招かれた。

江戸紫の直垂に烏帽子《えぼし》をかぶった家慶は、これらすべての者たちの拝謁《はいえつ》を受けねばならない。座っているだけでも、たいへんな役目ではあった。

一方、案内や雑事をおこなう表坊主にとって、年初は祝儀の稼ぎ時だ。それゆえ、目の色を変えて城内を走りまわり、何やかやと大名たちの世話を焼こうとするのである。

「たわけ者どもめ」

忙しない廊下を眺めていると、ふと、顔見知りの納戸方と目が合った。

隣人の卯木卯左衛門《うつきうざえもん》だ。

納戸方のなかでも代金の支払と下賜品を扱う払方《はらいかた》に任じられている。同じ二百俵取りだけに、楽ではない暮らし向きも想像できるし、妻女とふたりの息子がいることも知っていた。しかし、五年余りも隣同士でありながら、挨拶以外にまともな口をきいたおぼえはない。

卯木はどうしたわけか、滑るように近づいてきた。

「矢背どの、新年おめでとう存じます。あらためて年賀のご挨拶はさせていただきますが、とりあえず、本年もどうかよろしくお願い申しあげまする」

「それがしのほうこそ。家の者ともども、今年もお世話になり申す」

いつもなら、これで終わるところだが、卯木は顔を赤らめて何か喋りたそうにする。気が小さくて口べたな性分を知っているので、うっかり、助け船を出してしまった。

「卯木どの、どうかなされましたか」

「よくぞ、お聞きくだされた。じつは、三男坊のことにござります」

「三男坊と申せば、卯三郎《うさぶろう》どの」

「いかにも」

鐵太郎よりも五つ年上で、役無しの小普請組で燻《くすぶ》っているのは知っていた。長男の卯一郎《ういちろう》は算勘《さんかん》に長《た》け、五年前にみずからの実力で納戸方の役人に採用されていた。父子揃って同じ役に就くのはめずらしいので、同役の連中からは羨ましがられているという。次男は夭折《ようせつ》してしまったので、両親にとって頭が痛いのは、できのあまりよくない三男坊の行く末らしかった。

「じつはあやつ、何の取り柄もないのですが、親に似ずに剣術のほうがちとできるようでござる」

「存じております。九段《くだん》坂下の練兵館《れんぺいかん》に入門されたとか」

「さよう、卯三郎の一存にござります。稽古の厳しいことで有名な練兵館へ、何を好きこのんで入門したのか。剣術のできぬそれがしには、まったく理解できませぬ。それから、妻に言われて気づいたのですが、あやつめ、魚の骨取りがたいそう上手《うも》うござってな。わが子ながら、猫ではあるまいかとおもうほどで」

「はあ」

「それでと申しあげては何でござるが、矢背どののもとで、みっちり修行させてはもらえまいかと」

「修行」

「はい。矢背どのに毒味作法を仕込んでいただけば、少しはものになるやもしれぬと、図々しくもかように考えた次第でござる」

蔵人介は驚くと同時に、呆れかえった。

「卯木どのは、ご子息を鬼役にしたいとお考えなのか」

「いけませぬか」

「いや」

だいじな息子を毒味役にしたい親など会ったこともなかったので、正直、蔵人介は面食らった。

だが、卯木の目は真剣そのものだ。涙ぐんでさえいる。

「矢背どの、いかがでござろうか。ご迷惑は重々承知のうえでのお願いでござる。鐵太郎どののお邪魔になるようなことはさせませぬゆえ、隣同士の誼《よしみ》で、非番のときに小半刻でもよいから、箸の使い方なぞを指南してやってはいただけまいか」

「ふうむ、難しいおはなしでござるな」

困惑顔で応じると、卯木は悲しげに微笑んだ。

「やはり、そうでしょうな。いや、申し訳ない。ところをわきまえず、不躾《ぶしつけ》なお願いをしてしまいました。矢背どの、お忘れくだされ。何も聞かなかったことに」

瘦身の卯木は腰を折って深々と礼をし、顔をあげずに踵を返す。

蔵人介は声の掛けようもなく、ただ黙って見送るしかなかった。

二

正月三日が過ぎた。

市中は挨拶まわりや恵方《えほう》詣りに向かう人々で賑わい、往来に繰りだせば大黒舞《だいこくまい》や太神楽《だいかぐら》や猿廻しなどを見掛ける。

蔵人介は城詰めから解かれ、市ヶ谷御納戸町の自邸でくつろいでいた。

志乃と幸恵は初詣でを済ませ、そろりと雑煮《ぞうに》にも飽きてきたなどと贅沢を言っている。

城内で卯木卯左衛門に頼まれたことなど忘れていたが、幸恵の口から隣家のはなしが漏れた。

「お気づきになられませなんだか。暮れよりこのかた、夜更けになると、どなたかの叫び声が聞こえ、耳を澄ませばご妻女の泣き声も漏れ聞こえてまいります」

妙なはなしの最中、野獣が咆吼《ほうこう》しているかのような叫び声が隣から響いてきた。

何を言っているのか判然とせず、父親なのか、息子のどちらなのかもわからない。

志乃が仏間から顔を覗かせた。

「幸恵さん、ほら、またあの声」

「さようですね」

志乃は蔵人介に向きなおり、厳しい口調で命じた。

「ご当主どの、ちと様子を窺ってきなされ」

「えっ、拙者がでござりますか」

嫌々ながらも、重い腰を持ちあげる。

雪駄をつっかけ、寒々とした表へ出た。

門の内にはまだ雪が残っているものの、外は随所に土が露出していた。城勤めの役人たちが非番になれば、雪除けに精を出しているからだ。

冠木《かぶき》門から顔を出すと、右隣の門からも人影が飛びだしてきた。

蔵人介には気づかず、反対側の鰻坂《うなぎざか》のほうへ駆けだす。

手には何と、木刀を提《さ》げていた。

部屋住みの卯三郎であろう。

「おい」

声を掛けたときには、三ツ股の辻を曲がっている。

仕方なく裾を割り、蔵人介は小走りに追いかけた。

大小を腰に差しておらず、すぐに戻るつもりでいる。

辻を曲がると、坂の中腹に木刀を提げた人影がみえた。

濠端へ通じる火之番町《ひのばんちょう》の下り坂だ。左右には旗本屋敷がつづく。

雪道は踏みかためられており、気を抜けば滑ってしまいかねない。

「おおい」

ふたたび、声を張った。

人影はふっと左に曲がる。

聞こえているのかいないのか、小莫迦にされたようで腹が立ってくる。
蔵人介はあきらめきれず、離れていく背中を追いかけた。
こうなったら、首根っこを摑んででも家に連れて帰ろう。
覚悟をきめ、辻を左に曲がる。
卯三郎らしき人影は消えていた。
狭い道のさきは、愛敬稲荷の裏手だ。
界隈はよく知られた岡場所で、暗くなっても遊客で賑わっている。
嫌な予感がした。
木刀を提げて岡場所を歩くのは、まともな者のやることではない。
「あやつめ、何を企んでおるのだ」
蔵人介は寒風の吹きすさぶなかを駆け、いかがわしい光の瞬く辺りへやってくる。
「ひゃああ」
突如、四六《しろく》見世の並ぶ裏道から、女の悲鳴が聞こえてきた。
——すわっ。
腰に手をやったが、刀はない。
仕方なく、裾を捲って駆けだした。

裏道へ躍りだすと、年増の女郎が大柄な浪人者に顔を撲《なぐ》られている。

後ろには浪人の仲間がおり、板塀に小便を弾いていた。

「堪忍して、堪忍して」

女は必死に命乞いをする。

「売女《ばいた》め、相場の三倍も吹っかけおって。醜女《しこめ》に払う金なぞあるものか」

浪人は爪先で女の腹を蹴り、馬乗りになって撲ろうとする。

蔵人介は迷わず、駆けだした。

すると、反対側の辻から、人影がひとつ飛びだしてきた。

顔には烏天狗の面を付け、手には木刀を提げている。

気配を察した小便浪人が、素《す》っ頓狂《とんきょう》な声を出した。

「……よ、世直し烏」

小便浪人は刀を抜く暇もなく、木刀で首根を強打される。

「ぬぐっ」

気を失い、その場にくずおれた。

一方、大柄の浪人は刀を抜いている。

「ぬしゃ何者だ。人助けを気取っておるのか。わしは一刀《いっとう》流の免許皆伝ぞ。木刀で勝負になるとおもうのか」

「脅しは効かぬ」

と、鳥天狗が疳高《かんだか》い声で喋った。

「ふふ、脅しかどうか、ためしてみるか。ほれ、掛かってこい。化けの皮を剥いでくれよう」

浪人は青眼に構え、どっしり腰を落とす。

なかなかの腰の据わりだ。でまかせを吐いたわけでもなさそうだった。

蔵人介は鳥天狗の力量を見極めるために、少し様子を窺うことにした。

浪人は刀を青眼から八相に掲げ、腹の底から気合いを発する。

「ぬりゃ……っ」

踏みこもうとした刹那、鳥天狗が機先を制した。

「やっ」

正面から突きこむ。

――びゅん。

木刀の先端が伸びた。

「何の」

浪人は身を反らし、反撃に転じる。

だが、烏天狗の突きは誘いの一手にすぎなかった。

ふわっと、木刀の先端が浮きあがる。

つぎの瞬間、浪人は眉間を割られていた。

白目を剝いて両膝を屈し、雪道に顔を叩きつける。

「お見事」

蔵人介は手を叩いた。

烏天狗はこちらに気づき、後退《あとじさ》りしはじめる。

「待て、どこへ行く。おぬしは、卯木卯三郎であろう」

名を問うた途端、くるっと踵を返し、闇の向こうに消えてしまった。

救ってもらった女郎は道端に正座し、震える両手を合わせている。

「……南無阿弥陀仏、南無阿弥陀仏」

こうして拝む者がいるかぎり、烏天狗は暴漢に制裁をくわえていくつもりなのか。

蔵人介は暗殺御用の密命を帯びているだけに、悪辣《あくらつ》非道《ひどう》の輩を許せぬという心意気は理解できた。

だが、いつまでつづけられるかわからない。いずれは強敵と遭遇し、命を落とすにちがいなかった。あるいは、大小を帯びた侍たちを無闇に傷つけた咎《とが》で、町奉行所の役人に縄を打たれるかもしれない。

いずれにしろ、放っておくには忍びなかった。

三

六日、初卯《はつう》。

隣人の卯木卯左衛門が、行方知れずになった。

朝早く亀戸天神《かめいどてんじん》の末社へ妙義《みようぎ》詣でに出掛けたきり、夜更けになっても帰ってこないという。

報せてくれたのは、幸恵《こう》だった。

「さきほどご妻女の香さまがおみえになり、旦那様に関わることで何か小耳に挟んだらお知らせ願いたいと仰いました」

「そう言われても困るな」

妙義詣でならば、矢背家の面々も朝から船を仕立て、亀戸まで行ってきた。梅も見頃を迎えたので、参拝のあとは梅屋敷《うめやしき》の臥龍梅《がりようばい》でも愛《め》でにいこうとおもったのだ。ところが、亀戸天神の境内は立錐《りっすい》の余地もないほどの人で埋めつくされ、菅《すが》原道真《わらのみちざね》の師を祀る妙義社に参拝できたのは正午を過ぎたころだった。

参道を歩く振袖姿の娘たちはみな、島田髷に雷除けの卯の札を挿《さ》していた。縁起物の白い札がひらひら風に靡《なび》く光景は心を和《なご》ませたが、長蛇の列につづいて梅屋敷へ向かう気にはならなかった。仕方なく梅をあきらめ、柳の枝先に刺した繭玉と業《なり》平蜆《ひらしじみ》を土産に買い、早々に帰ってきたのだ。

「義母上《ははうえ》も案じておられます。お隣のご様子を窺ってきてはいただけませぬか」

「詮方あるまい」

部屋住みの卯三郎に夜歩きの事情も尋ねたかったので、蔵人介は疲労の残る身を奮いたたせて玄関へ向かった。

すると、廊下の片隅に鐵太郎が佇んでいる。

「父上、卯木さまのお宅へ行かれるのですか」

「ふむ、そうだが」

「じつは、卯三郎さまから言伝《ことづて》を預かっております」

「申してみよ」

「『卯木家のことはご詮索無用に願いたい』とのことでございます」

「何だと。生意気なことを抜かしおって。おぬしはそれを聞いて、何も言い返さなんだのか」

「言い返せば、恐い目で睨まれます。それに、卯三郎さまの仰ることは至極《しごく》もっともだとおもいました」

「何故だ。おぬしは隣人が困っておっても、指をくわえて眺めておるのか」

「いいえ、救えるものなら救いたいとおもいます。されど、卯木家には他人に知られたくないご事情がおありかと。卯一郎さまが物狂いになったかのごとく、夜な夜な大声をあげているのをご存じですか」

「声の主が卯一郎だと、おぬしはどうやって知ったのだ」

「卯三郎さまからお聞きしました」

長男の卯一郎はあまり要領のよいほうではなく、些細《ささい》な失態を繰りかえしては組頭に叱られているらしかった。叱られてばかりいるうちに鬱々《うつうつ》としはじめ、城から帰ってくると大声をあげたり、暴れて物を壊したりしているという。

「ご両親が宥《なだ》め賺《すか》しても容易に収まらず、卯三郎さまはほとほと困っておいでのご様子でした。できることなら自分が身代わりに出仕し、口喧《くちやかま》しい組頭をとっちめてやりたいとも仰いました」

「卯三郎がさようなことを」

「お父上が頼りにならぬのだそうです。同じ組頭のもとにおりながら、気がお優しすぎるのか、卯一郎さまを庇《かば》ってやることができない。庇うどころか、叱られるのも修行のうちだと、卯一郎さまを家で諭しているとか」

卯三郎のことならば、洟垂れに毛が生えたころの顔もおぼえているし、歳の離れた兄を慕っていたことも知っている。

ともかく、木刀を携えて盛り場に飛びだす理由が組頭や父親への憤懣《ふんまん》だとすれば、叱りつけて止めさせねばならなかった。痛めつける相手が悪党であっても、見知らぬ誰かを傷つけるにはそれ相応の覚悟が要る。鬱憤《うっぷん》晴らしで木刀をふるうのだとしたら、まちがっていると諭さねばなるまい。

鐵太郎は口を尖らせる。

「どうしても行かれるのなら、拙者もお連れください」

「連れていくのは吝《やぶさ》かでないが、おぬしが顔を出してどうなるものでもあるまい」

「それは父上も同じにござりましょう」

「何だと」

怒鳴りつけてやりたいところを、ぐっと怺《こら》えた。

鐵太郎にしても、卯三郎の言伝を守ろうと必死なのだ。

「他人の事情を詮索する気など毛頭《もうとう》ない。隣人として、事情をお聞きするだけのはなしだ。わかったか」

「はい」

蔵人介は悄《しょ》げた鐵太郎をともない、卯木家の敷居をまたいだ。

出迎えた妻女の香はげっそり痩せ、みるからに疲れきっている。

「ご心配いただき、感謝のしようもござりませぬ。されど、主人は行方知れずになったきり、音沙汰ひとつないのでござります。安否すらもわからず、正直、途方に暮れております」

「戻ってこぬ理由で、何かおもいあたることはござらぬか」

蔵人介が尋ねると香は黙りこみ、意を決したように顔を持ちあげた。

「卯一郎を持てあましておりました。みなさまにもご迷惑をお掛けしているかと存じますが、卯一郎は近頃、自分を見失うことがござります。どうも、お城勤めに向いておらなんだようで、お暇を頂戴しようと主人と相談していたやさきにござりました」

卯左衛門は生真面目な男だ。様子のおかしい長男を放りだし、みずから行方をくらますとはおもえない。

「ご長男のこと以外で、ほかに何かござりませぬか」

「卯三郎のことも案じておりました。このままでは一生、無役の小普請で終わってしまう。一芸に秀でておらねばお城勤めの見込みはあるまいと、主人は常々申しておりました。されど、いくら諭しても、本人はどこ吹く風で」

はなしぶりから推すと、香は卯左衛門が蔵人介に毒味役の修行を依頼したことは知らぬようだ。息子が木刀を携えて夜の町へ繰りだしていることも、おそらくは気づいていないのだろう。

「ご子息たちのこと以外で、おもいあたることはござらぬか」

「ござりませぬ。ただ……」

「ただ」

「口には出しませぬが、主人はどことのう、お役目を負担に感じているようでござりました」

「払方のお役目をでござるか」

「はい。時折、重い溜息を吐き、五十になったら隠居して畑でも耕していたいなどと、情けないことをつぶやいておりました」

「さようでござりましたか。ところで、ご子息たちは今、どうなされておる」

「卯一郎は部屋に閉じこもったきりで、卯三郎は父親を捜しにまいりました。わたくしは信じて待つしかござりませぬ」

うなだれる妻女を、蔵人介は元気づけようとした。

「ひと晩戻ってこぬからといって、悲観することはござらぬ。どこかの居酒屋で深酒をし、呑みつぶれているかもしれませぬぞ」

「いいえ、それはありませぬ」

卯左衛門は生真面目なうえに、下戸《げこ》であった。

夜更けまで家を空けることなど、今までに一度もなかったという。

暴漢にでも遭遇したか、転んで記憶でも失ったか、あるいは、世を儚《はかな》んで失踪してしまったか。

やはり、万が一のことを考えておかねばならぬのだろうか。

卯左衛門の身に何かあったとすれば、城内ではなしかけられたのが最後になってしまう。毒味作法を仕込んでほしいと頼まれたことが負担に感じられた。

「ご妻女、お気を強くお持ちなされ」

香を励まして辞去《じきょ》しかけたとき、廊下の奥から唸り声が聞こえてきた。

「申しわけありませぬ。卯一郎にございます」

唸り声は人のものとはおもえず、腹を空かせた山狗《やまいぬ》のようでもあり、後ろに控える鐡太郎などは身震いを禁じ得ない様子だった。

放っておくわけにはいくまい。

「御免」

蔵人介は雪駄を脱いで廊下にあがると、香の制止を振りきって奥座敷へ向かった。

他人の気配を察したのか、唸り声はぴたりと止んでいる。

蔵人介は座敷のまえに立ち、襖障子の向こうに声を掛けた。

「卯一郎どの、隣の矢背蔵人介にござる。ここを開けてもよろしいか」

返事はない。息を殺しているのであろう。

香と鐡太郎は、廊下の片隅でじっとしている。

「はいるぞ」

蔵人介は意を決し、襖障子を開いた。

「ぬりゃお……っ」

やにわに、素槍の穂先が突きだされてくる。

蔵人介は半身になって躱し、素早く身を寄せるや、相手の首に腕を搦《から》めて引き倒す。

「うわっ」

どさっと尻餅をついた若侍は、紛《まぎ》れもなく卯一郎にほかならない。

首を左右に振り、憑《つ》き物《もの》が落ちたような顔でみつめてくる。

「……や、矢背さまではありませぬか」

「おう、そうだ。おぬし、自分でやったことをおぼえておらぬのか」

「いったい、何のことでございましょう」

蔵人介は屈み、畳に転がった素槍を拾う。

「この槍で、わしを突こうとしたのだぞ」

「……ま、まさか」

「自分をしっかり保《も》て。よいか、お役目のことはしばし忘れよ」

母親の香が血相《けっそう》を変え、部屋に駆けこんできた。

「申しわけございませぬ。矢背さま、平《ひら》に、平にご容赦を」

部屋の隅で土下座し、懸命に謝りつづける。

蔵人介は香の肩を抱きおこし、諭すように言った。

「ご子息の病はすすんでおる。拙者が届けを出しておくゆえ、しばらくはゆっくり休ませたほうがよい」

「……か、かしこまりました」

「家内もおる。何かあったら、遠慮無く申されよ」

「……は、はい。まことに、かたじけのう存じます」

香はさめざめと泣きながら、畳にうつぶしてしまう。

蔵人介は頬を強張《こわば》らせた鐵太郎をともない、後ろ髪を引かれるおもいで卯木家をあとにした。

四

正月七日は、公方家慶も七草粥《ななくさがゆ》を食べる。

ただし、口にはこぶのは冷めきった粥だ。

七日は弓初めでもあり、吹上の馬場からは弦音《つるおと》が響いてくる。

幸恵は小笠原流の師範なので、今ごろは家の中庭で矢を放っているにちがいない。

卯木卯左衛門は、朝になっても帰ってこなかった。

卯三郎は足を棒にして一晩中捜しまわったが、父親の影すらみつけだすことはできなかった。

蔵人介はもやもやした気持ちを抱えたまま、夕暮れまでのときを過ごさねばならず、夕餉の毒味の際もうっかり懐紙を水で濡らすのを失念し、熱い汁で唇を火傷してしまった。相番も気づかぬほどの些細な出来事であったが、このような失態は十数年ぶりのことだ。

動揺の醒めやらぬまま、外気に触れようと部屋を出た。

厠までやってくると、薄暗がりに何者かが潜んでいる。

「おぬしか」

すがたをみせたのは、公人朝夕人《くにんちょうじゃくにん》の土田伝右衛門《つちだでんえもん》であった。

十人扶持《ぶち》の軽輩だが、武芸百般に通暁《つうぎょう》している。公方の一物を摘んで竹の尿筒《しとづつ》をあてがうのは表の役目で、裏の役目は公方を守る最大にして最強の盾となることだ。その秘密を知る者は、近習のなかでも御小姓組番頭の橘右近しかいない。伝右衛門は橘の命を受け、蔵人介との連絡役《つなぎ》も仰せつかっていた。

「矢背さま、お久しゅうございます」

「ふん、そうでもなかろう」

「新年のご挨拶が遅れました。今年も何卒よしなに」

「正直、おぬしの顔などみとうもない」

「拙者の顔が斬るべき死人の顔にみえ申すのか。ふふ、年が変わっても、悪党の数は減りませぬぞ」

「橘さまが新年の挨拶に来いと仰せか」

「御意《ぎょい》にござる。鬼役の顔をみぬことには年が明けぬと仰せに」

「心にもないことを」

「されば」

ふっと伝右衛門は消え、別の気配が近づいてきた。

廊下の向こうから、ずんぐりとした猪首の人物がやってくる。

「やや、そこにおるのは、矢背蔵人介ではないか」

払方組頭の矢口源之丞《やぐちげんのじょう》、卯木父子の上役であり、卯一郎を叱りつけておかしくさせた張本人にほかならない。矢口は大小二刀を使う円明《えんめい》流の遣い手で、数年前に一度だけ武芸上覧で立ちあったことがあった。蔵人介に完敗したことを根に持っており、いつもは廊下で顔を合わせても口を利《き》かない。今宵はちがった。

「矢背よ、隣に住む卯木は存じておろう。父子揃って休んでおる。表向きは流行《はやり》病に罹《かか》ったとのことだが、真の理由はどうもちがうらしい。おぬし、何か聞いておらぬか」

「はて、存じあげませぬな」

「嘘を吐くな。聞くところによれば、父の卯左衛門は妙義詣でに行ったきり行方知れずとなり、子の卯一郎はわしに叱責されたことを苦にして部屋に籠もっておるそうではないか」

「それはたぶん、近所の噂にすぎませぬ」

「されば、真の理由を教えよ。隣人ならば存じておろうが」

「卯木どのは父子ともども、流行病に罹ったのでござる。余計な詮索はいたさぬほうがよろしいかと」

「何だと。四百俵取りのわしに意見いたすのか」

「いいえ、そういうつもりでは。それがしはただ、聞かれたことにおこたえしたまで」

「あいかわらず、食えぬやつよ。御前試合では不覚を取ったが、おぬしに負けたとはおもうておらぬ。なにせ、あのときは、木刀を一本しか使わせてもらえなんだからな。ほかの連中も申しておったわ。真剣ならば、二刀を自在に扱うわしの優勢は動かぬとな。どうだ、こんど真剣で立ちあってみぬか」

「戯れ言はおやめくだされ」

「ふん、恐れをなしたとみえる。いずれ、そのしたり顔を泣き顔に変えてくれようぞ」

厠に消えた矢口から離れ、蔵人介は控え部屋でまんじりともせずにときを過ごした。

そして、夜更けになると部屋から抜けだし、小役人の踏みこんではならぬ廊下の奥へ足を忍ばせた。

目途の楓之間《かえで》は、大奥との境目に位置する上御錠口《かみのおじようぐち》の手前にあった。

三十畳敷きの萩之御廊下《はぎ》などを渡り、公方が朝餉をとる御小座敷の脇から御渡廊下を抜けていかねばならない。

廊下のさきは薄暗く、地獄へ通じているかのようだった。

見張りの小姓にみつかれば、言い逃れはできない。

橘のもとへ向かうだけでも、毎回命懸けだった。

もちろん、性根をためされていることはわかっている。

奸臣を斬る気はあるのか。

正義の鉄鎚を下す気構えはできているのか。

小姓にみつかって首を刎《は》ねられる程度のものならば、橘も刺客に使おうとはすまい。

蔵人介は音もなく廊下を渡り、楓之間へ潜りこんだ。

闇を手探りで進み、床の間の壁に掛かった軸に触れる。

探りあてた紐を引っぱると、芝居仕掛けの龕灯《がんどう》返しさながらに、白壁がひっくり返った。

あらわれたのは、四畳半の隠し部屋だ。

下方に小窓があり、梅の植わった壺庭もみえる。

一畳ぶんは黒漆塗りの御用簞笥《ごようだんす》に占められており、簞笥のなかには公方直筆の書面や目安箱の訴状が納めてあった。

ここは歴代の公方がひとりで政務にあたった御用之間なのだ。

無論、眼前に座っているのは公方ではない。

老臣、橘右近である。

派閥の色に染まらず、御用商人からは賄賂《まいない》も受けとらず、中奥に据えられた重石のような人物と目され、唯一、重臣のなかで目安箱の訴状を読むことが許されている。職禄四千石にして近習の束ね役だが、分厚い綿入れを纏った丸眼鏡の外見はしよぼくれた老臣にしかみえなかった。

蔵人介にとって、橘の命は天の声にほかならない。

「よう来たな。御渡廊下の床は、さぞかし冷たかったであろう」

「申しわけございませぬ。新年のご挨拶が遅れてしまいました」

「挨拶などよい。役目を果たしてくれさえすればな」

橘はこほっと空咳を放ち、御用箪笥の抽出《ひきだし》から書状を一枚取りだした。

「これが何かわかるか。目安箱に投函された訴状じゃ。ほれ」

訴状を手渡され、一瞬にして頬が強張る。

公方にしか読むことが許されぬ目安箱の訴状を読めば、首を落とされても文句は言えぬからだ。

「案ずるな。わしが読めと申しておるのだ」

「はっ」

訴状には、宇垣虎彦《うがきとらひこ》という納戸頭の罪状が綿々と記されていた。要約すれば、公方が使う御入用金の着服である。宇垣は払方の頭なので、年間二万両におよぶ御入用金の出納《すいとう》を任されていた。やろうとおもえば、いくらでも帳面をごまかすことはできる。

しかも、驚くべきことには、組頭の矢口源之丞も悪事への関与を指摘されていた。数刻前に厠のそばで会ったばかりなので、さしもの蔵人介も動揺を隠しきれない。

橘は眼鏡の底で目を光らせる。

「いかがした」

「いいえ、何でもござりませぬ」

「この訴状にはな、差出人の名が記されておらぬ。それゆえ、本来であれば読まずに捨てられねばならぬ代物《しろもの》じゃ。されど、内容が身内とも言うべき払方の悪事だけに、放っておくわけにもいかぬ」

「それがしに事の真偽を調べよと」

「調べるだけではないぞ。訴状の中味が真実ならば、宇垣と矢口に引導を渡してもらわねばなるまい。ただし、けっして表沙汰にはできぬ。よいな」

「はっ」

蔵人介が両手を床につくと、橘はほっと溜息を吐いた。

「それにしても、感心せぬ。近頃は、名乗らずに目安箱に訴える者が増えてきおった。名乗ることでみずからに災いがおよぶのを避けたいのじゃ。読んでもらえぬとわかっていながら、読んでもらうことに一縷《いちる》の望みを懸けておる。内容の真偽はさておき、そうしたやり方は卑怯者のすることじゃ。侍ならば堂々と名乗ったうえで、他人の罪を訴えねばならぬ。みずからもそれなりの傷を負う覚悟がなければ、他人を易々と訴えてはいかん。さようなこともわからぬ若輩者が幕臣にも増えておる。わしはな、それが嘆かわしいのじゃ」

橘の愚痴を聞き流し、訴状を書いた者のことを考えていた。

もしかしたら、それは卯木卯左衛門なのではあるまいか。

矢口の配下なら、着服に気づいてもおかしくはなかった。

卯左衛門の失踪は、訴状と関わっているのかもしれない。

「蔵人介よ、新年の初仕事じゃ。気合いを入れて掛かるがよい」

「はっ」

返事はしたものの、心中には複雑なおもいが渦巻いている。

この件の真相に迫ることは、訴状をしたためた人物に近づくということでもあった。

もし、目安箱に訴えたのが卯木卯左衛門だとすれば、上役を売った汚名を着せることにもなりかねぬ。蔵人介が黙っていても、こうしたことは誰かの口から伝わってしまうものだ。

一度汚名を着せられた者は、幕臣としてやっていけなくなる。

卯木家に破綻《はたん》をもたらすかもしれぬという懸念が、蔵人介の気持ちを重くさせた。

五

正月八日は初薬師《はつやくし》。納戸頭の宇垣虎彦は夕刻、麴町九丁目の常仙寺《じょうせんじ》へおもむいた。

門前の往来が薬師横丁と呼ばれているとおり、寺の本尊は薬師如来《にょらい》の座像で、開山した祥岩《しょうがん》禅師が山狗に襲われたところを虎に救われたという縁起から、虎薬師と通称されている。眼病に霊験《れいげん》あらたかであると信じられ、初薬師の今日は「め」と記された絵馬を携えた参詣者で境内は溢《あふ》れていた。

従者の串部に調べさせたところ、宇垣は軽い眼病を患っているようだった。しかも干支《えと》が寅で、名の一字にも虎がついている。それゆえ、麴町の虎薬師へは毎春参拝に訪れるらしかった。

言いつたえにも「朝観音に夕薬師」とあるように、薬師詣では夕方におこなう。

参拝を終えたころには、暮れ六つの鐘が寒々と鳴っていた。

蔵人介は串部とともに、宇垣が駿河町《するがちょう》の屋敷を出たときからあとを尾けている。

宇垣は山門を出ると供人と別れ、半蔵《はんぞう》御門のほうへ歩きだした。

「供人も連れず、どこへ行くつもりでしょうな」

串部は興味津々の様子だが、すでに平川天神の裏手に妾を囲っていることは調べてあった。

「妾は元大奥の女官でござる。二千石の御旗本に気に入られ、後妻となって嫁いだものの、その旗本が病死したあとは家を逐《お》われ、独り淋しく捨て扶持を貰って暮らしていたと聞きました」

「ふうん」

「宇垣は婿養子なので、奥方に頭があがりませぬ。それゆえ、家人には妾のことを内密にしております。妾は美人と評判の元女官だけに纏う着物なども派手らしく、たいそうな金食い虫だとか」

蔵人介は妾の素姓などに関心はない。妾を囲うだけの金をどうやって工面しているのかが知りたかった。納戸頭は七百石取りだが、何かと物入りゆえに外で使う金の余裕はないはずだ。したがって、妾に注ぎこむ金が着服した御入用金の一部であろうことは容易に想像できた。

宇垣は二丁ほど歩き、大きな板木屋のある麴町六丁目のさきで右手に折れた。赤坂御門へ達する大横町《おおよこちょう》の往来を進み、三つ目の横丁を左手に曲がる。

すると、町の様子は一変した。

武家地ではなく、山里の一角に迷いこんだかのようだ。

間口の狭い見世の表には、猪や鹿の皮が暖簾代わりに張られている。

地の者が「けだもの店《だな》」と呼ぶ一角で、左右には獣肉を食わせるももんじ屋が軒を連ねていた。

「なるほど、妾宅《しょうたく》はこのさきの蛤店《はまぐりだな》にござります。妾のもとを訪ねるまえに、獣肉で精をつけようという魂胆かもしれませぬぞ」

蔵人介は串部を制し、物陰に身を隠した。

ふたりの男が、ももんじ屋の表口に佇んでいる。そのうちのひとりに、みおぼえがあったのだ。

「矢口源之丞だ」

「なるほど、配下の悪党と獣肉を突っつきながら悪巧《わるだく》みか。もうひとりは風体から推すと商人のようですが、いったい何者でしょうな」

「よし、調べてみよう」

宇垣は待っていたふたりと落ちあい、見世のなかへ消えていく。

蔵人介は串部をともない、対面するもんじ屋へ向かった。

「殿、ひょっとして薬食《くすりぐ》いでござるか」

「たまにはよかろう。どうせ、連中はすぐには出てこぬ」

「後光が射してみえ申す。ありがたや、ありがたや」

串部は浮かれた調子で見世の暖簾を振りわけ、板場に声を張りあげた。

「親爺、牡丹《ぼたん》をくれ」

鉈を手にした親爺は、山で狩られたばかりの猪を解体しているところだ。

返り血を浴びた凄まじいすがたを目にした途端、串部は口をへの字に曲げた。

ともあれ、ふたりは牡丹鍋にありつき、久しぶりに獣肉で腹を満たした。

一刻ほどして見世を出ると、大振りの雪がしんしんと降っている。

「牡丹を食って牡丹雪を愛でるか。殿、いっこうに寒さを感じませぬな。頭のてっぺんから足の爪先まで、ぽかぽか暖まっておりまする」

「それはよかった」

ふたたび、物陰に身を潜めた。

三人が表へ出てきたのは、それから半刻ほど経ったあとだ。

からだはすっかり冷えきり、串部は掌を重ねてしきりに息を吐きかけていた。

「やっと出てきやがった」

三人は左右に分かれ、宇垣だけが蛤店のほうへ歩きだす。

行く先はわかっているので、矢口たちのほうを尾けることにした。

ふたりは大横町から麹町の大路へ出ると、そのまま横切って善國寺谷《ぜんこくじだに》を下っていく。

そのさきは番町《ばんちょう》の迷路だが、まっすぐに進めば市ヶ谷御門に行きつくのはわかっていた。

案の定、ふたりは市ヶ谷御門を潜った。

濠沿いの道を右手にたどり、三つ目の辻を曲がって浄瑠璃坂を上りはじめる。

何のことはない、蔵人介が朝夕通う道筋であった。

矢口の屋敷は、坂を上って右手の払方町の一角にある。

商人《あきゅうど》らしき男に見送られ、帰宅の途に就いているだけのことだった。

「拍子抜けでござりますな」

串部は坂を上りながら、白い息を吐いた。

「ともあれ、商人の素姓だけは調べておきましょう」

ふたつの影を追いかけ、坂を上りきる。

遅い刻限なので、ほかに人影はない。

途中の三ツ股で、矢口たちは右に曲がった。

曲がらずに進めば、二丁ほどで自邸へたどりつく。

串部に任せてもよかったが、蔵人介も三ツ股を右に曲がった。

と、そのときである。

「何じゃ、おぬしは」

半丁ほど離れたさきから、矢口らしき男の怒鳴り声が聞こえてきた。

少し進んで物陰から様子を窺うと、何者かが矢口たちの正面に立ちはだかっている。

商人らしき男が、手にした小田原《おだわら》提灯をかたむけた。

「あっ」

おもわず、蔵人介は声を漏らす。

提灯に照らされた顔は、烏天狗にほかならない。

「おぬし、噂の世直し烏か」

矢口が太い声を張りあげる。

腕に自信があるので、声にはわずかの脅えもない。

商人も矢口の力量を知っているらしく、逃げる素振りをみせなかった。

烏天狗はじりっと迫り、腰の大刀を抜きはなつ。

「ほほう、得物は木刀と聞いておったが、真剣も抜くらしい。おぬし、わしの命が欲しいのか」

問われても、烏天狗は返事をしない。

刀身を横に寝かせた平青眼に構え、さらに間合いを詰めてくる。

「危ういな」

串部がつぶやいた。

烏天狗の構えに、隙を見出したのであろう。

いざとなれば、助っ人に走らねばなるまい。

蔵人介はそうおもい、刀の柄に手を添えた。

「おもしろい」

矢口は両手を交叉させ、大小を同時に抜きはなつ。

そして、怪鳥《けちょう》が羽ばたいたかのごとく、両手をひろげてみせた。

「二刀八相の構えか」

と、蔵人介はつぶやく。

ずんぐりした矢口のからだが、倍にも膨らんでみえた。

烏天狗は平青眼に構えたまま、踏みこむ好機を狙っている。

いや、狙っているのではなく、躊躇しているようだった。

矢口の気に呑まれているのだ。

「まずいな」

蔵人介は一歩踏みだす。

刹那、矢口が構えを変えた。

両刀を右脇に揃えて車《しゃ》に落とし、相手を懐中に呼びこもうとする。

円明流の理合に「転変発する位《くらい》」と表現される必殺技だ。

切っ先を隠した脇構えから、まずは左手の脇差で突きを見舞い、間髪を容れず、右手に握った大刀で袈裟懸けを仕掛ける。虎の尾が鞭のように撓りながら襲いかかる様子になぞらえて、この技には『虎乱《こらん》』という名が冠されていた。

「つお……っ」

烏天狗は誘いに乗り、頭から突きこんでいった。

「はぁっ」

矢口の二刀が唸りをあげる。

――きいん。

火花が散った。

つぎの瞬間、烏天狗はばさっと肩口を斬られる。

矢口が左の脇差で初太刀を弾き、右の大刀で袈裟懸けに斬りさげたのだ。

見事な『虎乱』がきまった。

「後れを取ったか」

蔵人介は臍《ほぞ》を嚙む。

ところが、烏天狗はむっくり身を起こし、転がるように逃げていった。

矢口は追いかけようとして止め、大小を鞘に納める。

「あやつめ、鎖帷子《くさりかたびら》を着込んでおったな」

それならば、手傷は負っても致命傷とはなるまい。

蔵人介と串部は、ほっと胸を撫でおろす。

商人が提灯をかたむけ、何かを拾いあげた。

「何だこれは。ほう、兎の根付《ねつけ》ですな。烏天狗の落とし物でござりましょう」

「彫り師の銘は」

「小さすぎて読めませぬが、確かにござります」

「ならば、あやつめの正体、調べようもあろう」

「お任せを」

ふたりはしばらく肩を並べて歩き、矢口邸の正面で別れた。

串部は気づかれぬように、商人の背中を追いかける。

蔵人介は踵を返し、剣戟があったところへ戻った。

立ちどまり、烏天狗の動きをおもいだす。

「平青眼から捨て身の突き」

あれはあきらかに、練兵館で教える神道無念流《しんとうむねん》の技だ。

足捌きも継《つ》ぎ足《あし》ではなく、同流で使う歩み足であった。

小田原提灯を点けてみると、雪道は血で染まっている。

さほどの量ではないが、怪我を負ったことは確かだった。

烏天狗が卯三郎かどうかは、容易にわかるにちがいない。

わかったうえでどうやって諭すかが、頭の痛いところだ。

卯三郎が矢口の命を狙った理由は、兄にされたことへの報復であろう。

気持ちはわからぬでもないが、やり口はあまりに性急すぎる。

「困ったやつだ」

蔵人介は重荷を背負わされた気分で、帰路をたどりはじめた。

六

翌朝、蔵人介は幸恵に持たされた山菜を手土産に隣家を訪ねてみた。

卯木卯左衛門の行方は杳《よう》として知れず、妻女の香はいっそう窶《やつ》れ、ろくに食べ物も口に入れていない様子だった。

「これをどうぞ。山菜でござる」

「まあ、早蕨《さわらび》に蕗《ふき》の薹《とう》。ありがとう存じます。主人は蕗味噌でご飯を食べるのが何よりも好きで……う、うう」

香は声を詰まらせ、嗚咽《おえつ》を漏らす。

蔵人介は落ちつくのを待ち、息子たちの所在を尋ねた。

卯一郎は症状が悪化して臥せっており、卯三郎は練兵館へ稽古に行っているという。

「失念しておりました。卯三郎どのは、高名な斎藤弥九郎《さいとうやくろう》先生のもとで修行をなさっておられるのでしたな」

「はい」

このときだけは、香も眸子を輝かせる。

「斎藤先生からは、筋がよいと褒められました」

「それはすばらしい。されば、稽古を拝見してまいりましょう」

「お願いいたします。主人から、矢背さまは幕臣随一の剣客であられると聞いております。どうか、卯三郎に一手ご指南していただけませぬか。本人もそのことを望んでおります」

「ほう、卯三郎どのがそう仰せに」

「はい。矢背どのを負かせば自分が一番にみなされると、身の程知らずなことを申しておりました」

「ふはは、おもしろいことを。ところで、つかぬことをお聞きしますが」

「何でしょう」

「卯三郎どのは、根付を持っておられまいか」

「持っております」

「どのような」

「左一山《ひだりいっさん》の彫った木彫りの兎にございます」

香も根付の価値はよく知らぬが、かつては卯左衛門が気に入って自分で使っていたものだという。

「根付がどうかいたしましたか」

「いえ、別に」

「さようでございますか」

「されば、いずれ折をみて、卯三郎どのと立ちあわねばなりませぬな」

「まことにございますか。そのおことば、主人に聞かせてやりとうございます……う、うう」

袖で顔を覆う香に一礼し、蔵人介はその場を離れた。

家に戻って大小を腰に差し、ふたたび、冠木門から外へ出る。

浄瑠璃坂を下り、市ヶ谷御門を潜り、番町の迷路を早足に進み、めざしたさきは九段坂下にある練兵館であった。

創設は十二年前に遡る。岡田吉利《おかだよしとし》の撃剣館《げきけんかん》で腕を磨いた斎藤弥九郎が、同門の江川英龍に資金の援助を仰いで開いた。撃剣館の同門には、伊豆韮山の代官になった江川のほかに、水戸斉昭公の懐刀《ふところがたな》とも言うべき藤田東湖や田原藩の家老となった渡辺崋山らがいる。

門弟同士の絆は固く、藤田や渡辺が練兵館に顔をみせることもあった。斎藤は知に優れた人物たちの影響を受け、門弟たちに文武両道を求めるという。たとえば、明け方の一刻は素読《そどく》に費やす。そして、朝の五つに門弟一同が師の面前に並んで挨拶をし、正午まで剣術の稽古をおこなうのだ。

神道無念流の稽古は厳しい。袋竹刀《ふくろしない》は他流派よりも重く、革の面籠手《めんこて》も堅固《けんご》にできている。しかも、竹刀稽古では軽く打つ略打を許さず、門弟たちは渾身《こんしん》の一撃のみを繰りかえす。小半刻も振りこめば、四肢は震えてくる。無論、離脱は許されない。

「甘いぞ、真《しん》を打て」

活気のある道場からは、師範代の怒声が聞こえてくる。

蔵人介は百畳敷はあろうかとおもうほどの道場の隅に佇み、重い防具をつけて組打ちをする門弟たちのなかに、卯三郎のすがたを捜した。

いる。

一心不乱に竹刀を振りつづけ、組打ちでは締めあいまでやっていた。

門弟たちが竹刀を乱打する激しい稽古をみれば、神道無念流が「力の剣法」と称される理由もよくわかる。

館長の斎藤弥九郎らしき人物は、中央の床几《しょうぎ》にどっかり座っていた。

巨漢である。

とかく力強さだけが強調されるものの、立ちあった者たちは「俊敏神のごとし」と崇《あが》めていた。

四十を超えたばかりで、剣客としては脂の乗るころだ。

蔵人介も剣客だけに、立ちあってみたい欲求に駆られた。

「止めい」

突如、斎藤が雷鳴のような声を放つ。

門弟たちは動きを止め、その場に正座した。

喧噪《けんそう》が嘘のように、水を打ったような静けさが道場を包む。

「そこに部外者がおる。名乗っていただこう」

蔵人介は、指を差されて面食らった。

神道無念流の理合と型は門外不出と聞いていたが、見学程度は許されるものと高をくっていたのだ。

殺気立った無数の眼差しに晒され、恐れすら感じてしまう。

ともあれ、名乗っておかねばなるまい。

「矢背蔵人介と申す。稽古の邪魔をいたし、まことに申しわけござらぬ」

斎藤がすっと立ちあがり、大股で近づいてきた。

蔵人介を上から下まで眺め、じっくりうなずく。

「ご高名《こうめい》はかねがね聞きおよんでおりました。矢背どの、さすが幕臣随一の剣客だけあって、一分の隙も見出せませぬな」

「光栄に存じます」

「ところで、ご用件は。当道場は他流試合を禁じておりますが」

「申しあいを望むものではござりませぬ。じつは、知りあいの稽古を拝見しようとおもいましてな」

「はて、誰であろう」

「卯木卯三郎にござります」

「かしこまった」

斎藤は承知するなり、大音声《だいおんじょう》を轟《とどろ》かせる。

「卯木卯三郎、これへ。ほかの者は稽古を再開せよ」

「は」

道場に喧噪が戻り、卯三郎が小走りにやってきた。

やにわに、斎藤が鋭い眼光を放つ。

「卯三郎、おぬし、左肩を怪我しておるな。わしの目はごまかせぬぞ」

「は、恐れいりましてござります」

「怪我をした理由は問わぬ。気合いが足りぬからじゃ。されど、その肩で稽古をつづければ、刀を持つこともかなわぬようになるやもしれぬ。当面は家で静養いたすように。どうした、不満か」

「い、いえ」

「ならば、とっとと去るがよい」

「は」

卯三郎が奥で仕度をしているあいだ、斎藤は蔵人介に囁いた。

「矢背どの、卯三郎は筋がよい。上手に育てば、やがて、この練兵館を背負《しょ》って立つほどの男になりましょう」

「ほう、それほどのものでござるか」

「矢背どのも、あやつの才を見抜いたからこそ、わが道場に足をはこばれたのでござろう。どうか、卯三郎をまっすぐな道に導いてくだされ。近頃、あやつは雑念が多すぎましてな、性急に技を仕掛けては墓穴《ぼけつ》を掘ることがままありまする」

「なるほど」

師は弟子のことを見抜いている。

もちろん、烏天狗の面をかぶって夜な夜な木刀を振りまわしていることを知れば、即座に破門を申しわたすであろう。怪我の理由を問わなかったのも、理由を知れば取りかえしのつかないことになると直感したからにちがいない。

さすが、江戸三大道場の一角を支えているだけのことはある。

蔵人介は頭を深々と下げ、斎藤のもとを離れた。

門の外で待っていると、卯三郎がふてくされた顔でやってくる。

「おう、来たか。傷のぐあいはどうだ」

余計なお世話だと言わんばかりに、卯三郎は口を噤《つぐ》む。

委細《いさい》構わず、蔵人介は歩きながら喋りはじめた。

「わしは二度、烏天狗をみたぞ。一度目は愛敬稲荷裏の岡場所だ。烏天狗は浪人の悪党ふたりを木刀で叩きのめした。二度目は昨晩だ。払方町の雪道で、烏天狗は何と真剣を抜き、矢口源之丞に斬りつけた。ところが、逆しまに左肩を斬られおった。しかもそのとき、根付を落とした。左一山の彫った兎の根付だ」

「げっ」

卯三郎は顔色を変えた。

「やはり、おぬしが烏天狗であったか」

「矢背さま、根付を落としたこと、何故、ご存じなのですか」

「お、喋ったな。よほどたいせつな根付とみえる」

「父に貰ったものです。ねだって貰ったものは、あの根付だけなのです」

「矢口といっしょに商人がおったろう。あやつが拾いおったわ。根付の出所を探れば、おぬしに行きつくやもしれぬ。命を狙われるぞ」

「望むところ。返り討ちにしてやりまする」

「勇ましいな。されど、おぬしの力量では矢口を倒せぬ。しかも、怪我を負った身では勝負にならぬであろうな」

「くっ」

卯三郎は足を止め、拳を握りしめた。

「口惜しいか。ならば、怪我を治して稽古に励め。それからな、二度と烏天狗の面をかぶってはいかん。世直しのまえに、おぬしにはやらねばならぬことが山ほどある。斎藤弥九郎どのの信頼を失うな。あれだけの師には、なかなかめぐりあえぬぞ。

雑念を捨て、稽古に邁進《まいしん》しろ。それがおぬしの勤めだ」

「……は、はい」

卯三郎は蚊の鳴くような声で返事をし、うつむいたまま顔もあげない。

蔵人介はにっこり微笑んで踵を返すや、すたすたと歩きはじめた。

七

翌十日は初金比羅《はつこんぴら》、矢背家の面々は虎ノ御門の京極《きょうごく》屋敷へ向かった。讃岐《さぬき》から勧進した金比羅宮が、屋敷内に設けられているからだ。

串部の調べによって、兎の根付を拾った商人の素姓がわかった。

――ひふみ屋重吾《じゅうご》。

評判のよくない四谷伊賀町《いがまち》の損料屋《そんりょう》だ。

貸しているのは着物だけではない。

「良家の後家を妾として、方々に紹介しているようでござる」

公儀から口入《くちいれ》の許可が出るはずもないので、御法度の裏稼業にほかならない。

納戸頭の宇垣虎彦に元女官を引きあわせたのも、ひふみ屋にまちがいなかった。

そして、宇垣とひふみ屋を繋いだのは組頭の矢口源之丞であり、宇垣と矢口が阿漕な損料屋を使って悪事を企んでいることは想像に難くなかった。

「今朝はいつにも増して冷えまする」

かたわらから、幸恵が囁きかけてくる。

気づいてみれば、風花がひらひら舞っていた。

踏みかためられた道に新雪が降りつもり、参詣客の足を鈍くさせる。

それでも、金比羅詣でに繰りだす人の波は絶えない。

金比羅にかぎらず、初とつくものならば詣らずにはいられない。

ひとつでも欠かせばご利益が無くなるとおもうのは、人の性《さが》というものだろう。

高い塀際には神酒《みき》の酒樽が山と積みあげられ、拝殿には神官や巫女《みこ》らしき者のすがたもみえる。金比羅大権現の眷属《けんぞく》は天狗なので、天狗の面をかぶる者や山伏《やまぶし》の扮装《いでたち》で面を背にかける者なども見受けられた。

参拝を終えて門の外へ出ると、雪をかぶった物乞いが何人か座っていた。

「あれでは凍えてしまうであろうに」

志乃は鐵太郎に小銭を手渡し、物乞いに与えるように命じる。

あまり好きな行為ではないが、さすがにこの寒さでは温かいものを腹に入れねば死んでしまうにちがいない。

人が死ぬところを黙って見過ごすわけにはいかなかった。

鐡太郎が小銭を与えると、参拝客の何人かは同じことをした。

蔵人介は鬱々とした気分で、重い足を引きずる。

「うっ」

ぶつっと、雪駄の鼻緒が切れた。

「あら、金比羅さまに詣ったばかりだというのに」

鼻緒を挿《す》げようと屈む幸恵に「先に行ってくれ」と促す。

家のみなが遠ざかったところへ、後ろから誰かが近づいてきた。

「旦那、挿げてさしあげましょうか」

振りむけば、遊び人の金四郎と天神髷のおたまが立っている。

金四郎とは、勘定奉行の遠山左衛門少尉景元にほかならない。

おたまはその道では江戸一番と評された巾着切であったが、遠山に見出されて改心した。間者として何年か仕えたが、今は橘右近が妾にやらせている今戸の『花扇』で小料理屋の女将になるための修行をしているはずだ。

「へへ、妙なところであったな」

「恐れながら、新年のご挨拶が申し遅れました」

「堅《かて》えはなしはやめにしよう。おれとおめえさんの仲じゃねえか。へへ、今年もよろしく頼まあ」

「こちらこそ、何卒よしなにお願い申しあげまする」

「おれはちょいと用事がある。何なら、おたまを置いていこうか」

「いいえ、お気遣いはご無用に」

「そうかい。じゃあな。風邪を引くなよ」

金四郎は襟を寄せ、艶めかしいおたまを連れて背を向ける。

ついでに物乞いのまえで足を止め、小銭を恵んでいった。

「ん」

蔵人介は鼻緒を挿げるのも忘れ、目を釘付けにされた。

金四郎とおたまにではない。

小銭を恵まれた物乞いから、目が放せなくなったのだ。

雪駄を脱いで携え、裏白の紺足袋《こんたび》で足早に近づいていく。

物乞いは目もあげず、身じろぎもしない。

げっそり痩せ細り、肌からは色が抜けていた。

まるで、生きながらに往生した即身仏《そくしんぶつ》のようだ。

「卯木どの」

蔵人介は屈み、そっと囁きかける。

即身仏が驚いたように目を開いた。

そして、顎をわなわなと震わせる。

蔵人介は身を寄せ、両肩をそっと抱いてやった。

「何も言わずともよい。暖かいところへまいろう」

立たせようとしても、容易に立つことができない。

蔵人介は抱きかかえて起こし、卯木を背に負った。

「ずいぶんと、軽うござるな」

背中の暖かみが伝わったのか、卯木は声をあげずに泣きだす。

行方知れずになってから、四昼夜が経過していた。

たったそれだけのあいだに、人はここまで堕《お》ちてしまうものだろうか。

何があったのかはわからぬが、卯木のすがたをみれば生死の境を彷徨《さまよ》ったことは想像できた。

面前には勾配のきつい葵坂《あおいざか》が延び、右手の濠には溜池の水が滝となって落ちて

わける。

長提灯を手にした裸詣りの職人ふたりが、温かい蕎麦にありつこうと暖簾を振りくる。

道端に居座った二八蕎麦の屋台も、屋根に雪をかぶっていた。

「いらっしゃいまし」

卯木を背負った蔵人介も職人の背につづき、薄汚い暖簾を振りわけた。

白髪頭の親爺が怪訝な顔になり、職人たちは舌打ちをかます。

「凍えておるのだ。すまぬが、掛けをひとつ」

蔵人介が丁重に頭をさげると、三人はころっと態度を変えた。

「さあ、旦那。こちらへ」

職人のひとりが明樽を椅子替わりにしてくれ、卯木を背から下ろして座らせる。

もうひとりは冷たい手を握ってさすり、何やかやと世話を焼いてくれた。

親爺が急いでこしらえた蕎麦が、白い湯気とともに差しだされる。

蔵人介は丼を受けとり、卯木の手に持たせてやった。

「……あ、熱っ」

「おっと、すまぬ」

丼を持ち、熱い汁をふうふう吹いてやる。

少し冷めたところで丼を渡すと、卯木は汁をひと口だけ啜った。

「……う、美味い」

至福の笑みを漏らし、職人が割いた箸を持たせると、震える手で蕎麦をたぐりはじめる。

――ぞろっ、ぞろっ。

蕎麦を啜る音を聞きながら、みなで固唾《かたず》を呑んで見守った。

やがて、卯木の顔に血の気が戻ってくる。

生きかえった眸子からは、涙が止めどもなく溢れてきた。

「やった、はは、やったぞ」

職人たちは、肩を叩きながら喜んだ。

死にかけた者が命を吹きかえす瞬間に立ちあった気分なのだろう。

堕ちてしまった経緯など、職人たちには知る必要もない。

一杯の蕎麦が繋いだ命の尊さを噛みしめているのだ。

蕎麦を茹でる親爺も、貰い泣きをしている。

卯木は泣きながら蕎麦を食い、最後の汁の一滴まで呑んだ。

「矢背どの、御礼の申しあげようもござらぬ……せ、拙者は、拙者は」

「無理に喋らずともよい」

「いいえ、聞いてくだされ」

卯木は職人たちの目など気にすることもなく、堰《せき》を切ったように喋りはじめた。

「それがしは死のうといたしました。上役の罪を見過ごした自分が許せず、死出《しで》の旅に出たのでござります。雪深い秩父《ちちぶ》の山中を彷徨《ほうこう》し、星をみながら眠りに就きました。ふと、眠りから覚めると、腹を空かせた山狗どもに囲まれておりました。それがしは浅ましくも生きのびようと、必死にその場から逃れたのでござります。人とは容易に死ねぬもの、そのことを身をもって知りました。喉が渇けば水を欲し、腹が減れば物を食いたくなる。情けのうござる。気づいてみれば、金比羅明神のまえで物乞いに身を窶しておりました。されど、いただいた蕎麦のおかげで、からだの芯まで温まることができ申した」

「再会できたのは、金比羅明神のご加護《かご》にござろう。卯木どの、香どのやご子息たちが待っておられます。家に戻りましょうぞ」

「その決断がつきませぬ」

卯木は力無くうなだれる。

蔵人介は少し間を空け、気になることを問うてみた。

「さきほど、上役の罪と仰ったな。上役とは、納戸頭の宇垣と払方組頭の矢口のことではあるまいか」

「……ど、どうしてそれを」

「御入用金の着服という許し難い罪を訴状にしたため、目安箱に投じた者がおります。もしや、それは」

「えっ、それがしではござらぬ」

卯木は仰天し、目を白黒させた。

「目安箱に訴状などと、恐れ多い。それがしにはできませぬ」

「卯木どのではなかったのか」

蔵人介がつぶやくと、卯木はがたがた震えはじめた。

「いかがなされた」

「……そ、訴状をしたためたのは、卯一郎かもしれませぬ」

「それは、まことでござるか」

「口には出しませなんだが、あやつも上役の罪を知ったに相違ない。たぶん、卯一郎はそのことで悩んでおったのだ……ああ、わしはそんなことも気づいてやれずに、自分勝手なことをしてしもうた。矢背どの、何やら胸騒ぎがいたしまする」

「まいろう。こうしてはおられぬ」

もはや、一刻の猶予もならぬ。

蔵人介は卯木を急《せ》きたて、蕎麦屋台をあとにした。

八

すでに取りかえしのつかないことになっているのは、家のまえに集まる人の多さでわかった。

蔵人介と卯左衛門のすがたをみつけ、鐵太郎が吹っ飛んでくる。

「父上、一大事にござります。卯一郎さまがご母堂《ぼどう》さまを脇差で刺し、ご自身も喉を」

「掻き切ったのか」

「はい」

卯左衛門が乱れた髪を振り、蔵人介の脇を走りぬけていった。

「退いてくれ。方々、そこを通してくれ」

集まった隣近所の連中は、卯左衛門に気づくや、腰を抜かすほど驚く。

驚いたなかには、志乃と幸恵のすがたもあった。

蔵人介は卯左衛門の背を追いかけ、家のなかに踏みこむ。

廊下の奥には、串部がじっと佇んでいた。

こちらに気づき、厳めしげにうなずく。

「殿、悲鳴が聞こえたのは、ほんの小半刻前にござります。踏みこんでみますと、すでにこのありさまで」

惨状と化したのは、先祖の仏壇が設えられた仏間であった。

なかば開いた襖障子の内側や壁一面に、刷毛《はけ》で散らしたような血痕が見受けられる。

母親の香は畳にうつぶしてこときれており、右手を伸ばしたさきには自刃した卯一郎が胡座《あぐら》を掻いていた。

「情況からみまするに、ご母堂は止めにはいったところを突かれたのではないかと」

息子は母の胸を脇差で突き、血の滴る刃で自分の喉を裂いたのだ。

卯左衛門は泣きもせず、ふたりのかたわらに鎮座している。

惚けた顔で畳をみつめ、ぴくりとも動こうとしなかった。

串部が血の滲んだ書状を取りだす。

「殿、これをみつけました」

震えた字で「遺書」とあった。

卯一郎の手で書かれたものだ。

「卯木どの、お気を確かに。ご子息の遺書がこれにございますぞ」

喋りかけても、まったく反応しない。

仕方なく、蔵人介は遺書を開いてみた。

——訴状を御目安箱に投じいたせし段　平にご容赦願いたてまつりたく候ものなり
記されているのは、それだけであった。

誰に謝りたいのかも判然としないが、匿名《とくめい》で上役の罪状を訴えたことに自責の念を抱いていたのだけはわかった。

「悲惨なはなしだ」

串部がつぶやいたところへ、何者かが飛びこんでくる。

「うわっ、兄上、母上」

らしかった。

養生しろという斎藤弥九郎の指示を聞かず、今日も練兵館へ稽古に出向いていた卯三郎だ。

卯三郎のすがたをみつけ、卯左衛門は我に返った。

「……ああ、卯三郎。すまぬ、わしのせいじゃ。わしのせいで、ふたりがこんなことに……ど、どうか、許してくれ」

うらぶれた父の叫びなど、卯三郎には聞こえない。

物狂いになったかのごとく、兄と母の遺体を揺りおこそうとする。

「母上、起きてくだされ。何をしているのでござります」

蔵人介はみていられず、卯三郎を後ろから羽交い締めにした。

「うわっ、放せ、放してくれ」

足をじたばたされても、箍《たが》を嵌《は》めたように放さない。

「堪忍だ。ここは堪忍せよ」

と、蔵人介は繰りかえすしかなかった。

「うわああ」

卯三郎の慟哭《どうこく》が家じゅうに響きわたる。

そこへ、何やら騒がしい跫音が重なった。

雪駄も脱がずに廊下を渡ってきたのは、肩衣を纏った組頭の矢口源之丞にほかならない。

「お役目から戻ってきたら、このありさまじゃ。卯木よ、おぬしはどこまでへまをやったら気が済むのだ」

長年の習慣がそうさせるのか、卯左衛門は畳に平伏し、額が裂けるほど擦りつけた。

矢口はここぞとばかりに、たたみかける。

「組頭のわしに何の断りもなく、お役目を投げだしおって。いったい、何をしておるのだ。莫迦者め」

「へへえ」

情けない父を睨みつけ、箍《たが》に嵌められた卯三郎が喚きちらす。

「父上、何をしておられる。あんなやつに平伏することはござらぬ。こうなったのも、すべてあやつのせいでござる。あやつが理不尽にも、兄上を責めたてたせいでござる。頭を、頭をおあげなされ」

「小童《こわっぱ》め、うるさいのう」

矢口は薄く笑い、袖口から何かを取りだして抛る。

畳に転がったのは、兎の根付だった。

卯三郎は押し黙り、矢口が怒声《どせい》を放つ。

「烏天狗め、それはおぬしの根付であろうが」

顔を背ける卯三郎に向かって、矢口は唾を飛ばした。

「わしの命を狙ったことは、不問にしてつかわす。そちの兄は乱心のあげく、自刃して果てたのじゃ。母を道連れにしたことも、みなかったことにしてやろう。卯左衛門は隠居させる。おぬしが素直に家督《かとく》を継げば、卯木家が生きながらえる道はまだ残されておる。格別の配慮じゃ。家名を残すか否か、侍の取るべき道はひとつぞ」

「ぬぐっ」

卯三郎は奥歯を嚙みしめた。

「組頭のわしが上手に片づけておく。腹が決まったら返答を寄こせ。よいか、わかったな」

矢口はそう言い残し、血腥《ちなまぐさ》い部屋から離れていった。

卯左衛門は平伏したまま動かず、卯三郎は五体から力が抜けてしまっている。

矢口が「上手に片づけておく」と言ったのは、すべて身を守るためのことだ。配下が不審死を遂げたとなれば、上役も何らかの咎めを受けねばなるまい。咎めを避けるには、事を穏便に済ませる必要があった。それゆえ、ああした配慮をしてみせたのはわかるが、家名存続の決断を強いられるとは、卯左衛門も卯三郎もおってもいなかったであろう。

しかも、卯三郎は矢口に公金着服の疑惑があることを知らず、兄が目安箱に訴えたことで自責の念に駆られた経緯もわかっていない。

わかる必要はないのだと、蔵人介は自分に言い聞かせた。

真実を知った途端、若い卯三郎は歯止めが効かなくなる。

蔵人介は手を放してやり、噛んでふくめるように諭した。

「おぬしが今やるべきことは、母と兄の御霊《みたま》を安んじてさしあげることだ。わかるな」

「……は、はい」

「よし、父上を支えていくと約束してくれ」

「お約束いたします」

「それでよい。おぬしは、卯木の家を継がねばならぬ」

卯三郎は目に涙を溜め、うなだれるしかない。

矢口の始末は任せろと、蔵人介は胸の裡《うち》に囁いた。

九

惨劇から四日後。

十四日は豊作を祈念し、稲穂を模した柳の削り掛けを軒にぶらさげる。

卯木家の香と卯一郎は荼毘《だび》に付され、門戸には「忌中」の紙が貼られた。しめやかに営まれた葬儀には参列する者も少なく、納戸頭の宇垣虎彦や組頭の矢口源之丞も焼香を素早く終えて居なくなった。

矢背家の面々は隣人としてできるかぎりの手伝いをしたが、蔵人介は串部に命じて阿漕な損料屋を調べさせていた。

あきらかになったのは、損料屋のひふみ屋重吾が高利で旗本や御家人に金を貸しつけていることだった。しかも、この五年間で一口百両もの大金を百人近くの侍たちに貸しているとわかり、一万両におよぶ元手をどうやって工面しているのかが疑われた。

おそらく、それこそが平川町のももんじ屋で悪党三人が額を寄せて相談していた悪事の筋書きだったにちがいない。

払方を差配するふたりが着服した御入用金は、数年にわたって損料屋に流れつづけ、損料屋はその金を元手に高利貸しをおこなってきたのだ。しかも、相手は金に困った旗本や御家人であり、同じ幕臣が着服した御入用金を借りて食いつなぐとは何とも皮肉なはなしだった。

白洲で裁く気は毛頭ないので、確乎たる証拠を揃える必要はない。

橘右近から授けられた密命を、淡々と果たせばそれでよかった。

きっかけをつくってくれたのは、誰あろう、自刃した卯一郎にほかならない。目安箱への訴えがなければ、宇垣と矢口の罪は露見しなかった。

密命を帯びた以上、悪党どもの命は蔵人介の掌中にある。

だが、そのことを卯左衛門は知らなかった。

告げるわけにはいかなかったのだ。

事前に告げておけば、さらなる惨劇は避けられたかもしれない。

蔵人介にしてみれば、ほんの少し目を離した隙の出来事だった。

夜更け、綿雪《わたゆき》の降りしきるなか、卯木卯左衛門は白装束に身を包み、平川天神裏にある宇垣の妾宅を訪ねた。

悪事の元凶である納戸頭の命を貰いうけようとおもったのだ。

「宇垣虎彦め」

卯一郎の死にざまを目にしたときから、事におよぶ覚悟は決めていた。

ひいてはそれが、この世に未練を遺して逝った息子と妻の供養にもなる。

卯左衛門はそう信じ、かねてより調べをつけていた妾宅の表戸を敲《たた》いたのである。

「おたのみ申す、おたのみ申す」

小細工を好まぬ卯左衛門は、剣術が不得手にもかかわらず、正面から宇垣に挑むつもりでいた。

粘って戸を敲きつづけると、内側からか細い声が聞こえてきた。

「どちらさまでござりましょう」

妾だ。

生真面目な卯左衛門は居ずまいを正し、堂々と名乗った。

「拙方の卯木卯左衛門にござります。納戸頭の宇垣さまに所用があってまかりこしました。どうか、お取りつぎを」

「こちらには、宇垣さまというお方はおりませぬ。お帰りください」

「いいや、帰るわけにはいかぬ。戸を開けぬと仰るなら、蹴破って踏みこむしかない」

「お止めください。人を呼びますよ」

「もう遅い」

卯左衛門は渾身の力を込め、右足で戸を蹴りつけた。

――どん。

大きな音が響いたわりには、びくともしない。

仕方なく後退りし、丹田《たんでん》にぐっと力を込めた。

「ぬおっ」

気合いを掛け、肩口からぶちあたっていく。

戸板が倒れ、三和土に頭から突っこんだ。

「ひゃああ」

女の悲鳴とともに、濛々《もうもう》と塵芥が舞いあがる。

「下郎《げろう》」

野太い声が聞こえ、槍の穂先が鼻先に伸びてきた。
すんでのところで躱し、腰の刀に手をやる。
「あっ」
刀がない。
戸をぶち破った拍子に、落としてしまったのだ。
――ぶん。
槍の長柄が撓《しな》り、真横から襲いかかってくる。
「ほげっ」
頬桁を撲られ、卯左衛門は壁際に吹っ飛んだ。
それでも、意識は飛んでいない。
首を振り、脇差を抜きはなつ。
納戸頭の宇垣虎彦は、上がり框《かまち》で仁王立ちになっていた。
そういえば、笹穂の管槍《くだやり》を扱わせたら納戸方随一との噂を聞いたこともある。
どうやら、噂はほんとうだったらしい。
だが、卯左衛門に恐れはなかった。
死ぬつもりでやってきたのだ。

「下郎、乱心したか」

宇垣は管槍を構え、充血した眸子で睨みつけてくる。

卯左衛門は折れた歯を吐き、凛然《りんぜん》と発してみせた。

「奸臣《かんしん》、宇垣虎彦。罪を認めて詰め腹を切るがよい」

「何の罪だ。言うてみよ」

「組頭の矢口源之丞と共謀し、姑息《こそく》にも上様の御入用金を掠めとったであろう」

「証拠は」

「息子の部屋から改竄《かいざん》された帳簿の写しをみつけた。息子の卯一郎は矢口に命じられ、詮方なく改竄に手を貸しておったのだ。親のわしにも告げず、さぞや苦しんだであろう。卯一郎は死んだ。母親の胸を突いた刃で、みずからの喉を掻っ切ってなあ。欲深い人の性が生んだ悲劇にほかならぬ。宇垣よ、おぬしだけはどうあっても、生かしてはおけぬのだ」

宇垣はじっと耳をかたむけ、突如、弾けたように嗤《わら》いあげた。

「ぶはは、言いたいことはそれだけか。改竄された帳簿の写しなぞ、何の証拠にもならぬわ。卯木卯左衛門とか申したのう。おぬしもおぬしの息子も、わしはよう知らぬ。わしにしてみれば、ただの芥《あくた》じゃ。芥がどうなろうと、わしには関わりのないことじゃ」

「黙れ、奸臣め」

「黙るのは、おぬしのほうじゃ。兎のごとく、おとなしくしておればよいものを。兎が虎に刃向かっても、どうにもなるまいが」

宇垣は吼えあげ、三和土に降りてくる。

卯左衛門は後退り、壁に背をくっつけた。

宇垣は腰を落とし、管槍を青眼に構えなおす。

「おぬしは、わしの配下ではない。ただの物盗りじゃ。物盗りならば、始末されても文句は言えまい。ぬりゃ……っ」

鋭利な笹穂の先端が、卯左衛門の痩せた肋骨《あばら》に刺しこまれた。

「ぬぐっ……」

白装束に真っ赤な血が滲んでくる。

それでも、反骨の忠臣は最後の抵抗をこころみるべく、脇差を高々と振りあげた。

「……ま、待っておれ……お、おのれには……て、天罰が下る」

ずぼっと、穂先が引きぬかれた。

と同時に、夥《おびただ》しい鮮血が飛沫となって噴きあがる。

宇垣虎彦は返り血を頭から浴び、悪態を吐きつづけた。

「うえっ、くそっ」

十

翌十五日は左義長《さぎちょう》、家々の庭では正月飾りを燃やす。

ゆらゆらと立ちのぼる焚き火の煙は、火葬場の煙を連想させた。

卯三郎は蒲団に寝かされた父の遺体を面前にして、涙もみせずに押し黙っている。

幸恵がつくった小豆《あずき》粥には、箸も付けていなかった。

筵にくるまれた卯左衛門は、明け方、町奉行所の連中によって運ばれてきた。

ももんじ屋が軒を並べる平川町の裏道に、芥のように捨てられていたのだという。

着物の襟裏に「払方　卯木卯左衛門」という縫いとりをみつけ、同心がわざわざ所在を突きとめてくれたらしかった。ただ、下手人の目星をつけるのは難しく、辻斬りか物盗りの線で考えるしかないと、同心には告げられた。

蔵人介は即座に傷を調べ、槍傷だとわかるや、串部を平川町の妾宅へ走らせた。

妾宅では職人が表戸を取りかえているところで、三和土こそ水で流されていたが、壁の随所には血痕が付いていた。近づいてみると、表口まで血腥《ちなまぐさ》い臭いが漂ってきていたという。

卯左衛門は妾宅の玄関で殺められたのだと、蔵人介は察した。

宇垣虎彦の命を狙って押し入り、槍で返り討ちにされたのだ。

もちろん、そうした筋書きを息子の卯三郎に教える必要はない。

父が白装束で家を抜けだした理由も、知らないままでいたほうがよかった。

届け出のまえに当主が亡くなったので、これで卯木家は改易となり、天涯孤独の卯三郎は食い扶持を失うことになる。住み慣れた家は別の幕臣に与えられ、しばらくのちには、ここを出ていかねばなるまい。受けいれてくれそうな親類縁者も、今のところはみあたらなかった。

行き場のない若者を救ってやることができるのは、隣人の蔵人介しかいない。

無論、矢背家の誰ひとりとして反対する者はおるまい。

ただ、そのことを卯三郎本人に伝えるには、まだ早すぎるような気がしている。

蔵人介には、なすべきことがあった。

隣人の恨みを晴らすのではなく、あくまでも橘右近の密命を果たすのだ。

「相手も警戒しておりましょうな」

串部が囁くとおり、宇垣も矢口も手練だけに、近づいて息の根を止めるのは容易なことではなかった。

「策がいる」

ぐずぐずしてはいられない。

相手が卯三郎の命をも狙ってくるであろうことは、充分に考えられるからだ。

良い思案も浮かばぬまま、蔵人介は千代田城へ出仕しなければならなかった。

ところが、おもいがけず、助け船を出してくれる者があった。

出仕途上の内桜田《うちさくらだ》御門前で、向こうから「よう」と気軽に声を掛けてきたのだ。

霰小紋《あられこもん》の肩衣を纏った遠山景元であった。

凛とした風情は遊び人の金四郎とはまったくの別人だが、中味は少しも変わっていない。

「辛気臭《くせ》え面してんな。さては、金比羅さんのご利益に逃げられたか」

「仰せのとおりにござります」

「だったら、逃げたご利益を取りもどさなくちゃなるめえ。野暮《やぼ》なことは聞かねえ。おめえさんが何をしようが、おれにゃ関わりのねえことだ。でもな、困っているようなら助っ人を出すぜ。おたまだよ。悪党に折られた右手の薬指も、だいぶ使えるようになった。あいつはきっと、おめえさんの役に立ってくれるだろうさ」

遠山は悪戯《いたずら》っぽく目配せを送り、すっと離れていった。

おたまの名を聞いた途端、蔵人介の頭に策が浮かんだ。

夕刻の下城となり、出迎えの串部とともに帰宅の途に就くと、浄瑠璃坂の下で番傘をさしたおたまが待っていた。

三人で連れだって濠端の道をたどり、愛敬稲荷の裏手にある『次郎八《じろはち》』という煮売酒屋にはいった。

「ここは牡蠣《かき》鍋が有名でね」

と、串部が自慢げに鼻をひくつかせる。

衝立《ついたて》の奥に席をつくってもらい、三人は熱燗を酌みかわした。

「何だか、山賊の悪巧みみたいですよ」

おたまは艶めかしく笑い、爪楊枝で平皿の田螺《たにし》を穿《ほじく》りだす。

田螺を葱《ねぎ》といっしょに酢味噌につけ、酒の肴にするらしい。

肴には早蕨の煮付けや蕗の薹などもあり、鮎並《あいなめ》の煮付けや青首《あおくび》の叩き団子を載せた皿もあった。

もちろん、目当ては煮立った牡蠣鍋で、おたまはここぞとばかりによく食べた。

「ああ、美味しい。さ、お殿様、どうぞ」

蔵人介はおたまの酌で安酒を呑み、隣人に降りかかった不幸をかいつまんで説いてやる。そして、懐中から書状を取りだし、やってほしいことを告げた。

「これは目安箱にもたらされた訴状の写しだ。内幕を知る者でなければ綴ることのできぬ内容になっている。これを納戸頭の宇垣虎彦が読めば、かならず食いついてこよう」

「本物の訴状に値をつけて誘いだそうって魂胆ですね」

「まあ、そういうことだ」

相手は卯一郎が目安箱に訴えたことを知らない。金を寄こさねば目安箱に訴えてやると脅し、強請を仕掛けたことにすれば、悪党どもはこちらの素姓を探ったうえで口封じにかかるはずだった。

「いくらにするんです」

「五百両でよかろう。吹っかけても意味はない」

「日時《とき》と所は」

おたまに聞かれ、蔵人介は文を手渡す。

——明晩子ノ刻　金五百両を携えて平川天神の境内まで足労せよ

とあった。

「落とし文と訴状を、納戸頭の懐中に忍ばせればよろしいんですね」

「この文とはちがう。袂ではなく、胸元ゆえ、気づかれる公算は大きいぞ。それに、指も癒えきってはおるまい」

「うふふ、巾着切のおたまを舐めてもらっちゃ困りますよ」

「やってくれるか」

「そりゃもう、鬼役の旦那のお頼みなら、喜んでやらせていただきますよ。明日は藪入り、初閻魔《はつえんま》の斎日《さいにち》ですからね、きっと、お偉い納戸頭さまも蔵前《くらまえ》の華徳院《けとくいん》へ足をはこぶにちがいない」

高さ一丈六尺の巨大な閻魔像に手を合わせた刹那を狙えば、依頼を果たすことはできるだろうと、おたまは胸を叩いた。

これでよい。段取りはできたも同然だ。

書状に目を通した宇垣は矢口を呼びよせ、損料屋のひふみ屋に金と用心棒を用意させるにちがいない。明晩になれば、悪党どもを束にまとめて成敗できる。

牡蠣鍋を突っつく串部とおたまを残し、蔵人介はひとりで見世を出た。

隣家を覗いてみると、抹香《まっこう》臭い部屋のなかで卯三郎がぽつねんと座っている。

志乃や幸恵や鐵太郎までが、交替で様子を窺っていた。

「待っておれ。すぐに仇は討ってやる」

蔵人介はつぶやき、気づかれぬようにその場を離れた。

自邸へ戻ると部屋に籠もり、鑿《のみ》と木槌《きづち》を用意する。

面を打つのだ。

酒と釣りを除けば、面打ちは唯一の嗜《たしな》みであった。

いや、ちがう。嗜みなどという生易しいものではない。

殺めた者たちへの追悼供養であり、おのれの罪業《ざいごう》を浄化し、心の静謐《せいひつ》を取りもどすための儀式であった。

鑿をはじめて握ったのは、暗殺御用の密命を受けてはじめて人を斬った晩のことだ。斬らねばならぬ理由も告げられず、相手の素姓もしかとはわからぬ。ただ、悪人であることを信じ、闇雲に役目をまっとうした。

爾来《じらい》、人を斬るたび、斬ろうとするたびに、面を打ってきた。

――がつ、がつ。

心のなかで誦経《ずきよう》しながら、鑿の一打一打に慚愧《ざんき》の念を籠める。

面はおのが分身であり、心に潜む悪鬼の乗りうつった憑代《よりしろ》だった。

蔵人介は狂言面を好み、狂言面のなかでも人よりは鬼、神仏よりは鬼畜、鳥獣《ちようじゆう》狐狸《こり》のたぐいを好む。ことに、数多く打ってきたのは武悪《ぶあく》面であった。眦《まなじり》の垂れた大きな眸子に食いしばった口、魁偉《かいい》にして滑稽味のある面構えは閻魔の顔とも言われている。

だが、今宵打つのは武悪ではない。

つくりかけの面がある。

――がっ、がっ。

削り終えた木曾檜《きそひのき》の面には、堆《うずたか》く盛りあがった鼻が聳《そび》えていた。

蔵人介は丹念に鑢《やすり》をかけ、漆《うるし》を塗って艶を出す。さらに、膠《にかわ》で溶かした胡粉《ごふん》に丹《に》をまぜて塗り、赤い顔に仕上げた。

襖障子の隙間からは、月の光が射しこんでいる。

頬を撫でる冷たい風すらも爽やかなものに感じられ、心は徐々に晴れわたってくる。

まさに、光風霽月《こうふうせいげつ》とも言うべき境地で手に取った面は、烏天狗にほかならなかった。

十一

翌日は朝から空は荒れた。

雪雲が渦巻き、昼夜の判別すらもつかない。

「春風の狂うは虎に似たりとは、よく言うたものにござる」

串部が叫ぶとおり、風も強い。凩《こがらし》のようだ。

が、おたまからは「首尾は上々」との言伝がもたらされていた。

串部は敵の様子を探るべく、約束の刻限より半刻も早く平川天神におもむいた。

今はふたりで蛤店の道端に立つ蕎麦屋台に身を寄せ、湯気の立ちのぼる掛け蕎麦をぞろぞろ啜っている。

「おもったとおり、損料屋は腕の立ちそうな浪人者を五人ほど、木陰や物陰に配しております。宇垣が供人を三人連れてくるとして九人、矢口を入れて都合十一人ほどになりそうですな」

予想したとおりだ。串部とふたりでなら、どうにかなる。

こちらの強味は、正体がばれていないことだ。相手を疑心暗鬼にさせ、恐怖を植えつけてやれば、勝機を見出すこともできよう。

「殿は、管槍と両刀遣いのご成敗を。拙者はそれ以外を受けもちまする」

「殺生《せっしょう》になるな」

「生きるか死ぬか、いくさも同然ゆえ、詮方ありますまい。それより、両刀遣いを倒す策は練っておられましょうや。拙者がみたところ、管槍の宇垣はまだしも、矢口のほうはいかな殿でも楽な相手ではありませぬぞ」

矢口が得手とするのは、右脇構えから大小を繰りだす『虎乱』という技だ。蔵卯三郎の学ぶ神道無念流にも『虎伏《こふく》』という虎の名が冠された奥義《おうぎ》があると、蔵人介は言う。

「虎には虎でいく」

「虎には虎でござるか。ようわかりませぬが、いつのまに神道無念流の奥義を修得なされたので」

「練兵館に知己《ちき》ができた」

「まさか、館長の斎藤弥九郎どのではありますまいな」

「そのまさかだ。一手ご指南いただいたのさ」

「げつ、いつのまに。して、勝負の行方は」

「勝負はしておらぬ。斎藤どのは、他流試合を禁じておるからな。ま、付け焼き刃の一手が矢口に通用するかどうか、その目でみておいてくれ」

「かしこまりました。拙者は何があろうとも、殿をご信頼申しあげております」

「ふふ、今生《こんじょう》の別れに一献《いっこん》やるか」

「縁起でもない」

と、言いながらも、串部は親爺に燗酒を注文する。

ふたりは安酒を酌みかわし、からだが温まったところで屋台をあとにした。

気がつけば、風は熄《や》んでいる。

——ごおん。

静まりかえった平川天神の境内に踏みこんだとき、ちょうど、子ノ刻を報せる鐘の音が響いてきた。

本殿脇に聳える御神木のまえに、三人の悪党が雁首を揃えている。

蔵人介はできあがったばかりの烏天狗の面を付け、串部は武悪の面を付けた。

ふたりで敵中に踏みこむと、四方に殺気が膨らんだ。

「ほう、烏天狗か」

と、矢口が叫ぶ。

「卯木の倅にしては大きいな。おぬし、卯木の縁者か」

問われても返答せず、ずんずん間合いを詰めた。

「止まれ。おぬしの目途は金であろう」

足を止めると、こんどは光沢のある頭巾をかぶった宇垣のほうが喋った。

「ほれ、五百両じゃ。ひふみ屋、箱の蓋を開けてやれ」

「へい」

狡猾そうな狐目の男が、足許に置いた木箱の蓋を開ける。

周囲には篝火が点々と焚かれており、蓋を開けた途端、敷きつめられた小判が黄金の輝きを放った。

「どうじゃ、約定《やくじょう》は守ったぞ。あとはこれをおぬしに渡すかどうか、そこが思案のしどころよ」

「何が望みだ」

蔵人介は面の下から、くぐもった声を漏らす。

宇垣は胸を張り、手に提げた管槍を肩に担いだ。

「面を取り、名乗ってみよ。素姓を明かせば、金をくれてやってもよい」

「それはできぬ相談だ」

「ほう、何故じゃ」

「名を聞いた悪党どもは、ひとり残らず地獄へ堕ちた。それでもよければ、教えてやろう」

「小癪《こしやく》な。矢口、どういたす」

「面を取らぬと申すなら、斬りすてて面を剝ぎとるまで」

「うほっ、そうじゃな。よし、殺ってしまえ」

四方の木の葉や繁みが揺れ、人影が飛びだしてきた。

「ふわああ」

喊声を騰《あ》げたのは、武悪面をかぶった串部である。

地を這うほどに身を屈め、風のように駆けぬけるや、腰の同田貫を抜きはなった。

「ぬぎゃっ」

やにわに、悲鳴が響いた。

浪人のひとりが臑を刈られたのだ。

さらに悲鳴はつづき、臑が木片のように吹っ飛んだ。

それでも、串部は動きを止めない。

一方、蔵人介は能を演じる役者のように、継ぎ足で間合いを詰めていた。

「ひゃっ」

ひふみ屋重吾が風圧に負け、どんと尻餅をついてしまう。

「こやつめ」

宇垣は頭巾をはぐり取り、片肌脱ぎになった。

右肩をぐるぐるまわし、管槍を青眼に構えなおす。

朱糸を巻いた真鍮の管を左手で摑み、柄を握った右手を滑らせれば、鋭利な笹穂がまっすぐに突きだされてくるにちがいない。

「うりゃ……っ」

だが、発せられた気合いは掠れ、迫力を欠いた。

かたわらの矢口は眸子を細め、どっしり腰を落として身構える。

蔵人介はふたりのまんなかに目をつけ、討ち間へ躙りよった。

「はぁ……っ」

宇垣が前歯を剝き、正面から突いてくる。

胸を反らして躱すと、後ろで矢口が両刀を抜いた。

「宇垣さま、お任せを」

「よし」

槍の穂先が引っこみ、矢口が胴斬りを仕掛けてくる。

――ぶん。

これを反転して躱し、蔵人介は宇垣を背に置いた。

「もらった」

宇垣が発した。

すかさず、管槍の穂先が背中めがけて突きだされてくる。

横三寸の動きで躱し、右脇にけら首を抱えこんだ。

「ぬう」

宇垣が押しても引いても、蔵人介は微動だにしない。

しかも、腰の愛刀をまだ抜いていなかった。

真正面から、矢口が踏みこんでくる。

「やっ」

気合いを発したさきへ、笹穂の槍先を向けてやった。

「くっ」

矢口は踏みとどまり、容易に斬りこんでこられない。

後ろの宇垣も槍の柄を握ったまま、二進《にっち》も三進《さっち》もいかない様子だ。

蔵人介はまんじりともせず、機を窺った。

「殿、だいじござらぬか」

遠くで串部が叫んだ。

今だ。

蔵人介は、けら首を握った手を弛《ゆる》めた。

長柄に沿って瞬時に後退り、宇垣の顔に肘打ちを浴びせる。

「ぬわっ」

肘鉄砲が、納戸頭の高慢な鼻柱を叩き折った。

と同時に、蔵人介は振りかえり、宇垣の腰から脇差を引きぬく。

——ひゅん。

喉笛を斜めに裂いた。

「うへっ」

まさに、一瞬の出来事である。

宇垣虎彦は宙を摑み、その場にくずおれていった。

蔵人介は血塗れた脇差を抛り、二刀流の手練に対峙する。

「ぬう、よくもやってくれたな」

眦《まなじり》を吊りあげる矢口の後ろを、損料屋が独楽鼠《こまねずみ》のように擦りぬけた。

だが、逃げようとしたさきには、強面《こわもて》の串部が待ちかまえている。

武悪面を外しても、閻魔のような顔をしていた。

「ひぇっ」

棒立ちになった損料屋の丈《たけ》が、突如、ずんと低くなる。

閻魔の大刀によって、左右の膝から下を刈られたのだ。

「……ひ、ひゃああ」

断末魔の悲鳴がおさまると、御神木のそばに立つ人影は三つだけになった。

損料屋の雇った浪人も、宇垣の供人も残っていない。瞬きのうちに、葬られてしまった。

串部にも備える矢口に向かって、蔵人介は静かに告げてやる。

「安心いたせ。そやつは手出しをせぬ」

さらに、烏天狗の面を外すと、矢口は目を瞠《みは》った。

「……お、おぬし、鬼役ではないか」

「さよう。矢背蔵人介だ」

「何故、おぬしが。まさか、隣人の誼ではなかろうな」

「これもお役目だ」

「お役目」

「さよう、悪党を地獄へ堕とす。それが鬼役の役目でもあってな」

「ふん、ようわからぬ。されど、おもわぬところで望みがかなった。おぬしとは真剣勝負がしたかったのよ」

「すまぬが、勝負はついておる」

「ほざけ」

矢口は伸びあがるような両八相に構え、大小二刀を揃えてゆっくり右脇に下ろしていった。

必殺の『虎乱』だ。

蔵人介は討ち間に進み、さっと屈みこむ。

何と、蹲踞《そんきょ》の姿勢を取った。

と同時に、両手を交叉させ、二刀を抜きはなつ。

「はっ」

左手で抜いた脇差が、相手の顔めがけて投擲《とうてき》された。

――きいん。

意表をつかれた矢口は身を反らせ、脇差で弾いてみせる。

その瞬間、蔵人介の大刀は矢口の胸を深々と貫いていた。

平青眼から肋骨に食いこみ、心ノ臓を串刺しにしたのだ。

「……ふ、不覚」

「やはり、おぬしに勝ち目はなかったな」

矢口が突きだした大刀の切っ先も、蔵人介の胸をとらえていた。

身を反らせたぶんだけ、三寸ばかり届かなかっただけのことだ。

矢口は、ぶはっと血のかたまりを吐く。

海老反りになり、ゆっくり倒れていった。

「お見事でござる」

串部が拾った脇差を手に提げ、大股で近づいてくる。

「虎には虎、二刀には二刀。まさか、脇差を投げるとはおもいもよりませなんだ」

「機に応じて、いかようにも変化する。斎藤弥九郎先生の口伝《くでん》によれば、それが『虎伏』の真髄らしい」

「感服いたしました」

蔵人介は血振りを済ませ、見事な手並みで納刀する。

吹きおろす冷気とともに、ふたたび、風花が舞いおりてきた。

どんな悪党も死ねばほとけ、三途《さんず》の川を渡るには白い帷子を纏わねばなるまい。

ついでに、蔵人介は六文銭も投じてやった。

行き先がたとえ地獄であろうとも、閻魔大王の鎮座する裁きの場までは導いてやろうとおもったのだ。

ともあれ、惨状が雪に覆われてしまうことを祈らずにはいられない。

またひとつ罪業を背負いこみ、蔵人介は天神の鳥居に背を向けた。

十二

正月二十四日、矢背家の面々は亀戸の梅屋敷にやってきた。

柳橋から船を仕立て、大川を横切って竪川に進入し、四つ目之橋のさきから左折して十間川《じっけんがわ》を遡った。さらに、亀戸天神や津軽《つがる》屋敷を右手に眺めながら、川の注ぎ口に架かる柳島《やなぎしま》橋を潜って北十間川を右手に曲がり、しばらく東漸《とうぜん》して境《さかい》橋のたもとで陸にあがった。

蒼天には綿雲が流れ、熙春《きしゅん》とも言うべきのどかな日和である。

堀割の川面は煌めき、随所に雪の残る景色や擦れちがう船を眺めていると、船旅の長さはいっこうに感じなかった。

一行のなかには、数日前から矢背家の居候《いそうろう》になった卯三郎のすがたもみえる。父を失った直後はおのれを見失っていたが、初七日を済ませたころから次第に本来の気力を取りもどし、額からも陰鬱《いんうつ》な翳《かげ》りが消えていった。

矢背家に迎えいれたのは、養子としてではない。あくまでも、一人前になるまでの仮宿として寝食をともにするのだと説き、なかなか気持ちの整理がつかない本人を納得させた。

もちろん、迎える側は志乃を筆頭として反対する者はいなかった。鐵太郎などは兄ができたと言って、無邪気に喜んでいた。ただ、幸恵の心中は少しばかり複雑で、口には出さぬものの、万が一にも卯三郎を養子にすることにでもなったら、鐵太郎は居場所がなくなるのではないかと案じているようだった。

なにしろ、矢背家を継ぐ者の条件は剣術に長けていることなのだ。

練兵館に通う卯三郎は少なくとも、その条件を満たしている。

もちろん、毒味御用の資質があるかどうかの判断はつかない。

蔵人介にしても期待はしなかったが、時折、城中で卯左衛門に頼まれた台詞が脳裏を掠めた。

——隣同士の誼で、非番のときに小半刻でもよいから、箸の使い方なぞを指南してやってはいただけまいか。

それが遺言になったのかとおもえば、無視もできまいとおもってしまう。

一行は連れだって、園の門を潜った。

「わあ、すばらしい」

念願のかなった志乃は、感嘆の声をあげる。

園中四方数十丈、みわたすかぎりに梅の花が咲きほころんでいた。

まっさきに足を向けたさきは、太い幹が龍のごとくのたうつ古木である。

——臥龍梅。

水戸光圀《みつくに》公によって命名された古木こそは、江戸随一と評される梅の名木にほかならなかった。

「ほんに、目の保養になりますなあ。それに、この芳《かぐわ》しい匂い。卯三郎どの、そなたも近くで嗅ぐがよい」

「はい」

志乃の親しげな呼びかけに、卯三郎もようやく馴れてきたようだ。

臥龍梅を眺める志乃と卯三郎の後ろ姿は、本物の祖母と孫にしかみえない。

ふたりのあいだに鐵太郎が嬉しそうに割りこんでいくと、幸恵やほかの連中はほっと胸を撫でおろした。

一行は園の主人が営む庵《いおり》で休み、茶釜から煮だされた渋茶を呑んだ。用意してきた重箱の蓋を取り、みなで俵握りを食べ、山菜や玉子や佃煮に舌鼓を打った。そして、八つ刻までゆっくりと梅を堪能し、土産に梅干しを買って園の外へ出たあとは、歩いてもほど近い亀戸天神へ向かった。

空は快晴、一朶《いちだ》の雲もない。

「立春の空を仰ぐのも養生にござります」

足を止めた志乃につられて、みなで一斉に青空を見上げる。

それが妙なことではなく、あたりまえのことのようにおもわれた。

どこからか、鶯《うぐいす》の鳴き声が聞こえてくる。

「縁起がよい。初音じゃ」

浮かれた気分で天神の鳥居を潜れば、眼前には枯れた藤棚《ふじだな》に囲まれた方形の池がひろがり、朱の太鼓橋が架かっている。

境内には蜆汁の幟《のぼり》を立てた茶店なども軒を並べていた。

梅屋敷以上に賑わっているのは、今宵が初天神の宵待だからであろう。

蔵人介たちは袖廻廊《そでかいろう》のある壮麗な楼門を潜り、社殿のほうへ進んでいった。

参道を挟んで右手には紅梅神、左手には老松宮《おいまつぐう》が控えている。梅は九州太宰府《だざいふ》から取りよせた飛梅《とびうめ》で、松は京都北野の一夜松《いちやまつ》を移植したものらしい。

参拝を済ませ、社殿の右手へ向かった。

そこに、末社が三つ並んでいる。

向かって右端は兵洲辺《ひょうすべ》の神、菅原道真が生前に出逢った河童《かっぱ》を祀った社《やしろ》だ。さらに中央は頓宮《とんぐう》明神、祭神は老夫婦像の後ろに立つ赤と青の鬼で、道真が筑紫《つくし》へ流された際に宿を求めたところ、爺にはすげなくされ、婆には親切にされた逸話に因むという。

そして、左端の社が道真の教学の師である法性坊尊意《ほっしょうぼうそんい》を祀る妙義社であった。

卯三郎は社のまえにある亀の井まで足をはこび、そこから一歩も前へ進めなくなる。

父をおもいだしたのだ。

正月六日の初卯、卯左衛門はこの妙義社へ詣ったあとに行方知れずとなった。

卯三郎は幼いころ、毎年、父に手を引かれてここへ初詣でにきたのだという。

思い出の社なのだ。

歯を食いしばって耐えるすがたは、みなの涙を誘った。

しばらくすると卯三郎は気を取りなおし、妙義社に手を合わせて父の冥福を祈った。

一行は池畔に設えられた花園神社にも詣で、茶店で蜆汁などを啜りながら夕暮れを待った。

従者の吾助が、社頭から木彫りの鷽《うそ》を人数ぶんだけ買いもとめてきた。

丹や緑青《ろくしょう》で彩色された鷽が、ひとりひとりに手渡されていった。

卯三郎は鷽をめずらしげに眺め、鐡太郎の鷽とくらべあっている。

やがて、社殿のほうから流行唄《はやりうた》が聞こえてきた。

「心つくしの神さんがうそをまことに替えさんす。ほんにうそがへおお嬉し」

暮れ六つは疾《と》うに過ぎ、辺り一面は薄暗くなっている。

参道に並ぶすべての灯籠に火が灯り、提灯や龕灯を手にする者も多い。

まるで、境内全体に光の渦が巻いているような光景となった。

人々は輪になり、木彫りの鷽を袖に隠しつつ、知らない人同士で手から手へと交換しあう。

「今までにあった悪いことは、すべて嘘に替えるのです」

志乃が喜々として叫び、みなを輪のなかに導いていった。

凶事を吉事に取りかえる鷽替《うそか》えの神事が亀戸天神ではじまったのは、今から二十年近くまえのことだ。大坂天満天神が太宰府天満宮に倣《なら》ってはじめた神事が、流行唄とともに江戸へ伝わってきた。

「替えましょ、替えましょ」

人々は口々に唄いながら、見知らぬ誰かと鷽を取りかえていく。

蔵人介も幸恵も、串部も吾助も、見知らぬ誰かと鷽を交換していった。

鐵太郎はいつになく楽しそうで、卯三郎もつられたように笑っている。

「替えましょ、替えましょ。心つくしの神さんがうそをまことに替えさんす。ほんにうそがへおお嬉し」

人々の陽気な唄声は、いつまでも亀戸天神の境内に響きわたっていた。

蔵人介の耳には、それが死者の霊を慰める読経《どきよう》のように聞こえてくる。

もちろん、家族を失った心の傷が簡単に癒えることはない。

しかし、人は心の持ちようひとつで強くなることができる。

卯三郎はきっと、生きる指標をみつけてくれるにちがいない。

できれば、その手助けをしてやりたい。

鷽を渡そうとしたそのさきに、白魚のような指が伸びてくる。

はっとして眼差しを向ければ、おたまがにっこり笑っていた。

「旦那、鷽替え神事はね、巾着切の稼ぎ場なんですよ」

妖しげに微笑むおたまの手から、鷽は幸恵の手に渡っていく。

そして、幸恵の隣では、遊び人の金四郎が待ちかまえていた。

「鬼役の鷽なんざ、貰いたかねえ。早く寄こしな。すぐに他所《よそ》へやっちまおう」

鷽は別の誰かの手に渡り、何処へ行ったのかもわからなくなった。

金四郎とおたまは仲良く腕を組み、鳥居の向こうへ消えてしまう。

ふたりの背中を見送りながら、蔵人介は苦笑いをしてみせた。

光文社文庫

文庫書下ろし／長編時代小説
家《か》　督《とく》　鬼役《おにやく》 十三
著　者　坂《さか》　岡《おか》　真《しん》

2014年12月20日　初版1刷発行
2025年3月5日　3刷発行

発行者　三　宅　貴　久
印　刷　大　日　本　印　刷
製　本　大　日　本　印　刷

発行所　株式会社　光　文　社
〒112-8011　東京都文京区音羽1-16-6
電話（03）5395-8149　編　集　部
8116　書籍販売部
8125　制　作　部

ISBN978-4-334-76851-5　Printed in Japan

組版　萩原印刷

鬼役メモ

画・坂岡 真

キリトリ線

※ページ内側にあるキリトリ線で切って、備忘録にお使い下さい。

キリトリ線

鬼役メモ

画・坂岡 真

※ページ内側にあるキリトリ線で切って、備忘録にお使い下さい。

鬼役メモ

画・坂岡 真

※ページ内側にあるキリトリ線で切って、備忘録にお使い下さい。

キリトリ線

キリトリ線

鬼役メモ

画・坂岡 真

※ページ内側にあるキリトリ線で切って、備忘録にお使い下さい。